Um sábado que não existiu

AcadeMack

UNIVERSIDADE PRESBITERIANA MACKENZIE
Reitor: Benedito Guimarães Aguiar Neto
Vice-reitor: Marcel Mendes

EDITORA MACKENZIE
Conselho Editorial
    Helena Bonito Pereira (*Presidente*)
    José Francisco Siqueira Neto
    Leila Figueiredo de Miranda
    Luciano Silva
    Maria Cristina Triguero Veloz Teixeira
    Maria Lucia Marcondes Carvalho Vasconcelos
    Moises Ari Zilber
    Valter Luís Caldana Júnior
    Wilson do Amaral Filho

Renato Modernell

Um sábado que não existiu

Ensaios sobre comunicação e cultura

Copyright © 2015 Renato Modernell.

Todos os direitos reservados à Editora Mackenzie e à Summus Editorial Ltda. Nenhuma parte desta publicação poderá ser reproduzida por qualquer meio ou forma sem a prévia autorização das editoras Mackenzie e Summus.

Coordenação editorial: Joana Figueiredo
Projeto gráfico de capa e miolo: Alberto Mateus / Crayon Editorial
Diagramação e revisão: Crayon Editorial
Copidesque: Carlos Villarruel

Dados Internacionais de Catalogação na Publicação (CIP)
(Câmara Brasileira do Livro, SP, Brasil)

Modernell, Renato
  Um sábado que não existiu : ensaios sobre comunicação e cultura / Renato Modernell. São Paulo : Editora Mackenzie : Summus, 2015. – (AcadeMack)

  ISBN: 978-85-8293-257-5 (Editora Mackenzie)
  ISBN: 978-85-323-1027-9 (Summus Editorial)
  Bibliografia

  1. Comunicação e cultura 2. Jornalismo 3. Jornalismo literário I. Título. II. Série.

15-03721   CDD-070.4

Índice para catálogo sistemático:
1. Comunicação e cultura : Ensaios : Jornalismo   070.4

EDITORA MACKENZIE
Rua da Consolação, 930
Edifício João Calvino
São Paulo – SP – CEP 01302-907
Tel.: (5511) 2114-8774
editora@mackenzie.br
www.mackenzie.br/editora.html

SUMMUS EDITORIAL
Rua Itapicuru, 613, 7º andar
CEP 05006-000 – São Paulo – SP
Tel.: (11) 3872-3322 - Fax (11) 3872-7476
www.gruposummus.com.br

Olha:
entre um pingo e outro
a chuva não molha.

Millôr Fernandes

Para meu irmão
Victor Hugo Modernell.

Sumário

INTRODUÇÃO: Entre aspas 10

Um sábado que não existiu ›20

Autoria e originalidade ›› 40

Ex Oriente lux ››› 46

Reencontro com o mestre ›››› 58

Os dez mil polos de Marco Polo ››››› 92

Gomes e Saramago ›››››› 112

REFERÊNCIAS 137

ÍNDICE 140

Introdução
Entre aspas

Os seis textos aqui reunidos exploram, cada qual ao seu modo, o universo da cultura, das comunicações sociais e do aprendizado. Diferentes na temática e na abordagem, compartilham uma herança genética. Neles se ouve a voz de alguém que continua a ser, na essência, um jornalista, mesmo após estabelecer-se na vida acadêmica.

Antes de me tornar professor universitário, já havia trabalhado por mais de três décadas como repórter, redator e editor nas mais diversas publicações. No meio jornalístico, podia-se notar certo desdém em relação à figura às vezes um pouco inflada do *scholar*, ou pelo menos daqueles que faziam pose, dando a impressão de já falar entre aspas.

No entanto, como jornalistas, dependíamos dos estudiosos e especialistas para escrever sobre temas complexos, que não podiam ser formulados apenas na base do raciocínio e da percepção. Nesses casos, era indispensável *pegar umas aspas*, como se dizia na gíria da redação, em referência ao ato de colher declarações dos nossos entrevistados. Aquele desdém, ostensivo ou sutil, rendia tiradas irônicas do tipo: "Na academia, eles ensinam como você tem que dizer aquilo que você já sabe", "Quem sabe faz, quem não sabe ensina". E por aí afora.

Todo desdém, suponho, esconde algum despeito. A verdade é que muitos jornalistas, sobretudo os mais qualificados, gostariam de poder dedicar a um assunto apaixonante o mesmo tempo de reflexão de quem escreve um ensaio, uma tese, em vez limitar-se a um artigo ou a uma reportagem. Mas a vida real não costuma ser tão pródiga quanto os nossos desejos. Para ganhar o pão, dentro de cada atividade, é preciso se sujeitar aos seus ciclos, seus prazos, seus limites de tempo e espaço.

A vida do jornalista é como a de um cigano que cruza sucessivas cidades, o que pode ser tanto um privilégio quanto uma maldição, pois jamais poderá fixar residência em nenhuma delas, por mais que queira. Quanta adrenalina em busca de coisas que amanhã não terão a menor importância! Quanta inveja de quem podia contar com verbas e prazos generosos para estudar a mais discreta espécie das formigas. Em vez disso, nós, jornalistas, tínhamos de nos estressar pelas ruas da cidade correndo atrás de fulano ou beltrano (às vezes, um lorpa) à caça de míseras *aspas*.

No entanto, devo a todos aqueles anos na prática do jornalismo o fato de ter conseguido algum traquejo na lida com ideias e informações. O jornalista tem de aprender a captá-las na medida certa, organizá-las em tempo hábil e oferecê-las ao leitor de forma compreensível, mas não rasa, dando preferência à linguagem imagética sobre a conceitual, que é própria dos especialistas. Impedir os meandros do pensamento de atrapalhar a fluidez da escrita já era um desafio introjetado em mim, como jornalista, quando aportei na academia em agosto de 2006.

INTRODUÇÃO: ENTRE ASPAS

Os textos reunidos neste livro ilustram esse esforço. Foram escritos ao longo de 11 anos, entre 2001 e 2012, sendo alguns deles resultado de trabalhos vinculados ao meu mestrado em Jornalismo na Universidade de São Paulo (USP) e, a seguir, ao meu doutorado em Letras na Universidade Presbiteriana Mackenzie (UPM), onde passei a atuar como professor.

O ensaio "Um sábado que não existiu", que dá título ao livro, foi elaborado para um congresso de Jornalismo Literário na Finlândia, do qual participei no primeiro semestre de 2013. Nesse ensaio, procuro explicar a um público estrangeiro como é e como surgiu a crônica nos moldes em que a conhecemos no Brasil. Trata-se de um gênero literário muito peculiar e, creio, bastante representativo do caráter nacional, à semelhança da Bossa Nova.

Nesse mesmo texto, analiso uma reportagem publicada pela revista *Realidade* em 1966, de autoria de José Carlos Marão. Devo dizer que sou grato a ele pelas oportunidades que tive, como repórter, na década de 1980. Marão acolheu-me na redação de *Quatro Rodas*, que ele então dirigia, e ali tive algumas das experiências mais valiosas da minha carreira no jornalismo.

"Autoria e originalidade" parte da comparação entre duas frases semelhantes, uma de Jung e outra de Einstein, nas quais uma leitura apressada poderia detectar indícios de plágio. Plágio? Ora, direis, ouvir estrelas! Então quer dizer que pensadores do porte de Jung e Einstein precisariam plagiar alguém? Sim e não, eis a questão.

O que se discute nesse ensaio é justamente até que ponto uma ideia pode "pertencer" a alguém, se as matrizes do pensamento, por sua dinâmica interna, tendem a determinar resultados tão semelhantes em áreas de atuação tão distintas. O que nos parece plágio, portanto, em muitos casos, em vez de tratar-se de cópia ou usurpação, poderia ser apenas uma simples coincidência no ponto de chegada.

"*Ex Oriente lux*" e "Reencontro com o mestre" contemplam, por vias diferentes, um tema que sempre me interessou, mas nunca tanto quanto nos últimos anos, desde que me tornei professor. É o aprendizado, o ensino, a transmissão do saber – como esse processo ocorre ou não ocorre, e por quê. Não penso no ensino como um sistema, pois não sou um estudioso da educação, mas como um fenômeno que flui no cotidiano. Às vezes, eu diria, ensinar é até um pequeno milagre, como a bolha de sabão. O primeiro desses dois textos é também um tributo ao professor mais importante que tive na faculdade. O primeiro gênio que conheci.

"Os dez mil polos de Marco Polo" é mais uma tentativa de consolidar, como já fiz muitas vezes e de várias maneiras, minhas reflexões sobre o ato de viajar. Esse interesse remonta aos verões da minha infância. No hotel da nossa família, no Sul, com uma mistura de inveja e nostalgia, eu via

INTRODUÇÃO: ENTRE ASPAS

os hóspedes chegarem e partirem para lugares distantes. As etiquetas vistosas, coladas em suas malas de couro, me instigavam a sonhar que um dia chegaria a minha vez de partir – ao invés de ficar.

Dito e feito. Ao terminar a faculdade, em São Paulo, logo tratei de vender o fusca, juntar os caraminguás e me lançar na primeira viagem à Europa. Tudo meio na base da aventura, sem agenda, sem passagem de volta, pois o dinheiro mal dava para ir. E o mais importante: de navio. A lentidão daqueles 16 dias no mar implantou em mim, como um estado permanente, dilatado, aquela breve vertigem que, nos aviões, não passa de uns míseros minutos durante a decolagem, quando nos desgarramos do solo e da rotina.

Cruzar as ondas do Atlântico, uma a uma, sem estar em lugar algum senão em mim mesmo, foi minha grande experiência da juventude. Ali comecei a descobrir aquilo que, com o tempo, se tornaria uma convicção: a viagem é, sobretudo, o jeito de viajar. Marco Polo soube disso como ninguém. Algumas vezes cheguei a pensar que esse homem viveu a vida que eu gostaria de ter vivido, se pudesse. Mas a mim coube escrever livros.

O livro se encerra com uma análise comparativa entre dois romances históricos. Em "Gomes e Saramago", procuro averiguar que fatores e procedimentos tornam *A solidão segundo Solano López* e *História do cerco de Lisboa* duas obras-

-primas da língua portuguesa, e em que pontos elas convergem ou contrastam.

Nada mais diferente do que o destino desses dois autores. José Saramago, Prêmio Nobel em 1998, falecido em 2010, permanece altaneiro na mídia cultural, mas Carlos de Oliveira Gomes, mesmo em vida, foi quase ignorado. Merecia muito mais. E não apenas pela alta qualidade do seu texto, mas também porque o tema de fundo de seu único romance, a guerra do Paraguai, divisor de águas na história do nosso continente, há mais de um século e meio reclama intérpretes talentosos e desvinculados das versões oficiais. Gomes foi exatamente isso.

A maioria dos textos que apresento guarda certa relação com aquilo que eu chamaria de *o mundo visto com olhos de repórter*. É como ainda me sinto diante das coisas e das pessoas, embora, nesses últimos anos, esteja menos atuante no jornalismo. Mas que mundo é esse, visto *com olhos de repórter*? Ora, é o mundo do efêmero projetado sobre uma base que lhe dá peso poético, ali onde a engenharia da frase ocupa o centro do palco.

Neste livro, o repórter não publica reportagens. Em vez disso, apresenta reflexões sobre pessoas, lugares, ideias, maneiras de exercer o ofício. A unidade dos textos é dada menos pelo tema do que pelo modo de observação. Neles, o leitor talvez encontre resíduos nostálgicos de um jornalista que o destino transformou em professor, como para lhe dobrar a língua. Devo admitir que já estou confortável e até gratificado nessa inesperada atividade que o destino me reservou. Há dias, no entanto, em que me sinto como um forasteiro na academia. Ainda não aprendi a falar entre aspas.

SÃO PAULO, MARÇO DE 2015.

"O movimento da Terra segue uniformemente durante cinco minutos. Porém, em cinco minutos de Beethoven, há retardamentos, acelerações, retomadas do que ficou para trás, antecipações de temas que vão aparecer em seguida; trata-se, portanto, de um tempo muito mais independente do tempo externo e que não poderia sequer ser concebido por organismos menos evoluídos."

Ilya Prigogine

Um sábado que não existiu

I

Hoje vamos relembrar um dia que nunca existiu. Para isso, no entanto, temos de falar antes sobre um ano que, esse sim, existiu mesmo. E 1966 não só existiu, sem dúvida, como foi marcante na história do jornalismo brasileiro.

No período entre 1964 e 1968, o Brasil vivia a primeira fase, mais branda, de uma ditadura que haveria de se estender por duas décadas, deixando cicatrizes na carne e na alma de diferentes gerações. Essa era a época de implantação do regime militar, já repressiva, mas ainda não sanguinária. Enquanto nos sentíamos como dentro de um calabouço, lá fora, na maioria dos países ocidentais, desfrutava-se de uma fase de democracia e prosperidade.

Na década de 1960, o Brasil estava em mutação. Ainda era um país arcaico em suas vias capilares, nos povoados e nas pequenas cidades do interior, porém os ventos da modernidade, vindos de longe, oxigenavam nossos principais centros urbanos. Havia efervescência nas áreas das artes e do pensamento. Consolidava-se, entre nós, uma vigorosa indústria cultural. Novos jornais, novas revistas, novas coleções

---

Este ensaio, em forma condensada e sob o título "A Saturday that never existed", foi apresentado pelo autor na Universidade de Tampere, na Finlândia, em 17 de maio de 2013, durante a VIII Conferência da International Association for Literary Journalism Studies (IALJS-8).

despontavam nas bancas do país inteiro. A imprensa experimentava um avanço técnico acelerado. Era hora de renovar conceitos, apesar da falta de liberdade e da tensão permanente nas redações, onde se cultivava a arte de falar ao pé do ouvido e de escrever nas entrelinhas.

Uma dessas novas publicações foi a revista *Realidade*, da Editora Abril. Lançada em abril de 1966, trazia na capa do primeiro número um *close* de Pelé sorridente sob um *busby*, o chapéu negro e peludo da guarda de honra da rainha da Inglaterra, onde dali a três meses seria disputada aquela Copa do Mundo que muitos brasileiros preferem não lembrar. A revista era diferente de tudo o que então se conhecia. Em seus primeiros anos, a época áurea, seria uma publicação de vanguarda até nos Estados Unidos, berço do *New Journalism*.

Entre nós, a revista implantou a base do que hoje conhecemos como jornalismo literário, embora essa expressão ainda não fosse usada naquele tempo. *Realidade* inovou ao publicar textos em linguagem coloquial ilustrados por ensaios fotográficos de qualidade. Conseguia abordagens profundas mas saborosas, sem pedantismo. Destacou-se também pelo critério de selecionar seus assuntos e de tratá-los com técnicas literárias, mais do que noticiosas. Um exemplo disso é o foco narrativo flutuante, no qual o narrador oscila entre as posições de observador onipresente e de participante dos fatos. A pesquisa de campo podia levar um ou dois meses. O repórter mergulhava no tema com uma atitude investigativa e poética, como os escritores e pintores modernistas haviam feito quase meio século antes ao se tornarem uma espécie de expedicionários às entranhas do Brasil. Também os jornalistas da equipe inicial de *Realidade* convidavam os leitores a uma redescoberta do país, como se ambos, autor e leitor, o vissem pela primeira vez, com o espanto de um estrangeiro, mas também com o olhar cúmplice de quem está do lado de dentro, jogando o mesmo jogo.

Os 250 mil exemplares da primeira edição de *Realidade* se esgotaram em uma semana. Uma façanha. E a fórmula funcionou durante pelo menos quatro anos. A revista mesclava, na pauta de cada edição, temas polêmicos da atualidade mundial com mergulhos no cotidiano de um Brasil remoto, quase estagnado, e os revelava aos ávidos habitantes das grandes cidades. A música e o teatro também surfavam na mesma onda. O advento de *Realidade* investiu o jornalista de certa aura de artista e até de herói, quando cutucava uma ditadura que ainda era mais ou menos mansa, mas rosnava.

A equipe de *Realidade* trabalhava em um prédio próximo ao Largo da Memória, no local que os antigos conheciam como Piques, cujo chafariz abastecia de água os cantis dos viajantes que deixavam a cidade em lombo de mula para sumir na poeira das estradas. Mas, no ano de 1966, naquela região, na encosta da colina onde se situa o Centro Novo de São

Paulo, pulsavam juntos o cérebro e o coração da maior cidade do país. Na área em torno da aristocrática Avenida São Luís, cujos amplos apartamentos abrigavam intelectuais e compositores emergentes da música popular, aglutinavam-se as redações dos órgãos mais importantes da imprensa nacional, os grandes cinemas, a Biblioteca Mário de Andrade, as longas escadas rolantes, o painel luminoso do *Estadão*, em que deslizavam as últimas notícias do mundo, as casas noturnas, o Paribar, o Jogral e outros bares da moda no subsolo da Galeria Metrópole. Nesse ambiente vibrante, cosmopolita, os repórteres da equipe pioneira de *Realidade*, em uma sala da diminuta Rua João Adolfo, tinham a preciosa oportunidade de trabalhar ao lado de jornalistas de renome nacional.

Um desses jovens era José Carlos Marão, com 25 anos de idade. Nos primeiros meses de 1966, quando a revista acabava de ser lançada, ele foi incumbido de viajar até Conceição do Mato Dentro, no Estado de Minas Gerais. Deslocou-se de avião até Belo Horizonte, depois levou mais seis horas de ônibus para percorrer os 167 quilômetros até aquela localidade cujos casarões e ruas de pedra remontam ao ciclo do ouro, no século XVII, e que na época talvez não tivesse sequer metade dos seus atuais 18 mil habitantes.

Conceição do Mato Dentro havia sido escolhida a dedo, em São Paulo, na rumorosa sala do 12º andar onde funcionava a redação de *Realidade*, como uma espécie de presépio vivo e representativo daquele Brasil antigo que a revista se propunha a desvendar. A tarefa do repórter era prospectar a vida desse lugar.

Marão passou três semanas em Conceição do Mato Dentro. Entrevistou pessoas, ouviu histórias, mergulhou no dia a dia local, tomou parte em eventos públicos e privados, serenatas, missas, bateu palmas, provou cachaças, fez anotações, até que por fim, de volta a São Paulo, escreveu o que viu por lá. A matéria intitulada "Nossa cidade" foi publicada nas páginas de *Realidade* na edição de maio de 1966.

Nesse texto, até hoje envolvente, Marão utilizou um recurso já então usado com certa frequência em matérias de observação, nas quais o fator noticioso não é preponderante. Nesse caso, o objetivo principal é criar contornos que poderíamos qualificar de *impressionistas*; e essas imagens difusas se encarregam de transmitir o conteúdo. As informações devem ser precisas, mas não necessariamente objetivas. Valendo-se desse conceito, Marão ajustou os acontecimentos que presenciou ao longo de suas três semanas em Conceição do Mato Dentro a uma escala de tempo muito mais curta, como se houvessem ocorrido em um único dia. Nesse sábado, os habitantes da cidade se mobilizam para algo que o repórter, habilmente, mantém em suspenso ao longo do texto.

A ideia de que o autor tem liberdade para alterar a estrutura temporal, espacial e narrativa típica do romance do século XIX, na qual a exposição dos fatos deve corresponder à série real, despontou no campo da literatura no início do século XX e atingiu o ápice com o americano William Faulkner (1897-1962). Nesse novo modo de narrar, o mais importante é saber criar certa *atmosfera*. Tempo e espaço se fundem, por vezes, em prol de algo mais essencial. O cenário deixa de ser só o pano de fundo para selar o destino de quem vive nele. "Sertão é isso: o senhor empurra para trás, mas de repente ele volta a rodear o senhor dos lados. Sertão é quando menos se espera", diz em sua obra célebre o escritor João Guimarães Rosa (1908-1967), natural de Cordisburgo, outra pequena cidade encravada na região central de Minas Gerais. E sentencia: "Sertão é uma espera enorme" (ROSA, 1982, p. 218).

A liberdade narrativa conquistada pelos escritores iria contagiar, décadas mais tarde, os jornalistas. Na reportagem de Marão, essa "espera enorme" é pela revelação do que vai acontecer, naquele sábado, em Conceição do Mato Dentro. Mas isso só fica claro no último parágrafo do texto. A surpresa nos faz sentir, no íntimo, como se passam as coisas no nosso país. Sem dizê-lo de forma explícita, o repórter nos leva a pensar que o imenso território de 8,5 milhões de quilômetros quadrados em que vivemos, no fundo, também é uma "espera enorme", como se confirmasse a frase irônica, mas não absurda, atribuída ao então presidente francês Charles de Gaulle (1890-1970), segundo o qual "o Brasil é o país do futuro – e sempre será". O ciclo do ouro continua, de alguma forma, no cotidiano de Conceição do Mato Dentro. Se Marão voltasse lá hoje, encontraria o dobro de habitantes, muitos telefones celulares, com certeza, mas talvez a mesma sensação (de espera enorme) que teve na cidade em 1966.

Nesse ano, *Realidade* concorreu com diferentes matérias ao prestigioso Prêmio Esso de Jornalismo, que desde 1956 enaltece os profissionais que se destacam a cada ano na imprensa brasileira. "Nossa cidade", de Marão, foi uma das candidatas. O texto vencedor acabou sendo o de outro repórter de *Realidade*. Após saber o resultado, Marão foi informado, extraoficialmente, de que seu trabalho teria vencido se os jurados não o tivessem considerado algo "mais para crônica do que para reportagem". Em outras palavras, ele pagou o preço por ter criado, com elementos existentes, um sábado que não existiu.

II

NA DÉCADA DE 1960, COMO JÁ SE DISSE, INICIAMOS UMA revisão de conceitos. Em quase tudo. Meio século depois daqueles anos vertiginosos, dispomos de categorias de pensamento bem mais diversificadas e flexíveis do que se imaginaria em uma mesa do Jogral ou do Paribar. Isso também vale, por certo, para o âmbito da escrita. A etiqueta de *crônica*, que em 1966 supostamente impediu a vitória de Marão no

Prêmio Esso, hoje pode ser questionada à luz do que entendemos como jornalismo literário. Se a imaginação não chegou ao poder, como sonhavam os jovens na década de 1960, ao menos saiu do porão.

Vamos nos permitir um exercício de imaginação. Supondo que o mesmo texto de Marão, "Nossa cidade", naquela época houvesse sido inscrito em algum concurso de crônicas da Shell ou da Atlantic, digamos, teria grande chance de ser desclassificado sob a alegação de tratar-se de uma reportagem. Isso porque era (e ainda é) bem diferente daquilo que os cronistas costumavam publicar em suas colunas periódicas nos jornais e nas revistas. Não era fácil classificar aquela matéria sobre Conceição do Mato Dentro, como as outras que *Realidade* publicava antes de virar uma revista superficial, como tantas, e iniciar seu declínio. Esses textos criativos, surpreendentes, escapavam dos rótulos disponíveis, como acontecia na época com a música de Astor Piazzolla (1921-1992), na Argentina – que, ao revolucionar o tango, era rechaçado tanto nos círculos eruditos do Teatro Colón quanto entre os *tangueros* tradicionalistas da Avenida Corrientes. Ambos os grupos o excluíam, arremessando-o para o campo oposto como uma bolinha de pingue-pongue. É mais fácil fazer isso, de fato, do que rever conceitos cristalizados.

Mas voltemos ao nosso foco principal: o texto de *Realidade* (o próprio título da revista sugere um testemunho)

UM SÁBADO QUE NÃO EXISTIU

que retrata aquele sábado em Conceição do Mato Dentro. A rigor, ele nunca existiu, mas poderia ter existido. Esse episódio de 1966 envolvendo a matéria "Nossa cidade" enseja uma reflexão sobre gêneros textuais e sobre como definir, em tese, o que pertence à seara da imprensa e o que ficaria mais bem alocado no campo da literatura. A crônica, texto transgênico, é um desafio à ideia de um limite fixo entre as duas coisas. Para entendê-la melhor, é preciso retroceder um lapso de mais de dois milênios, até as fontes da cultura ocidental, na Grécia.

Os gregos tinham duas noções de tempo representadas por diferentes divindades: Chronos e Kairós. A primeira delas, Chronos, refere-se ao tempo do calendário, igual para todos nós. É, portanto, o tempo social. Pode ser quantificado e partilhado, pois está vinculado aos ciclos da natureza e aos movimentos dos corpos celestes. Já a segunda noção de tempo, Kairós, em vez de ser balizada por fenômenos externos, deriva de nossos diferentes estados interiores: alegria, tristeza, gozo, luto, ansiedade, desalento etc. É uma impressão vaga da duração das coisas, diferente para cada um e em cada momento da vida, conforme nosso temperamento e nosso estado emocional. A sensação do tempo parece subordinar-se à lei dos contrastes, assinala o psicólogo americano William James (1842-1910) no seu clássico *Os princípios da Psicologia*, de 1890. E o físico Albert Einstein (1879-1955) nem precisou sair da galáxia para encontrar o exemplo perfeito: "Se estamos em um banco de parque, junto de uma bela garota, uma hora se passa em um minuto", relativizava, "porém, se estamos sentados em um fogão quente, um minuto parece uma hora". Bem, qualquer um de nós sabe muito bem que os minutos finais de um jogo "demoram" mais ou menos conforme nosso time esteja ganhando ou perdendo.

Mas voltemos aos nossos antigos mestres intelectuais, os gregos. Se comparássemos o tempo, com base nos dois diferentes conceitos usados por eles, com as condições ambientais a que estamos sujeitos, poderíamos dizer que Chronos corresponde ao número indicado no termômetro, enquanto Kairós é o que chamamos de sensação térmica. Esta última também varia conforme a umidade, o vento e a nossa sensibilidade ao frio e ao calor. Não se trata de uma referência social, como Chronos, mas individual. Claro está que escolhemos a roupa com base no que sentimos na própria pele, e não pelo que lemos no termômetro. E assim também Kairós está mais vinculado à vida real, justamente por transcender o calendário. Expressa um segmento indeterminado do tempo em que algo especial ocorre. Chronos é o tempo das ideias. Kairós é o tempo do coração.

A primeira dessas divindades gregas do tempo, Chronos, gerou a noção mais imediata de *crônica*. Trata-se de um relato dos acontecimentos distribuídos pelo mundo visível, segundo

UM SÁBADO QUE NÃO EXISTIU

as fases da Lua e as estações do ano, e também pelo jogo de sombras e luzes que presenciamos em cada dia da nossa existência. Com base nisso, os cronistas registraram, ao longo dos séculos precedentes, os eventos que julgaram importantes fazer chegar ao nosso conhecimento: o nascimento, a morte, o casamento, a guerra, a celebração, a viagem, o desastre, o acordo, a doença, a descoberta e assim por diante. A crônica teve, portanto, o formato de uma agenda. E foi com esse conceito que os antigos escribas e escrivães a legaram a seus sucessores, que somos nós, jornalistas.

A crônica de jornal surgiu em Paris, nos últimos anos do século XVIII, logo após a Revolução Francesa. Era um resumo dos acontecimentos da semana, expostos de modo sequencial, conforme o padrão vigente desde a Antiguidade, porém com uma novidade: o cronista não apenas narrava, como também se permitia emitir opinião sobre os fatos. Sem deixar de ser basicamente uma narrativa, a crônica ganhou um viés dissertativo e, em consequência, um toque autoral. Com esse modelo francês, ela chegou ao Brasil durante o Segundo Império, em meados do século XIX.

Na aclimatação ao trópico, a crônica se transformou de modo substancial. Em vez de continuar sendo, como sempre havia sido, um tributo a Chronos, aos poucos veio a tornar-se uma homenagem ao outro deus do tempo, Kairós. O mundo interior do cronista, ou melhor, as coisas que nele ocorrem como reflexo do que se passa na esfera pública, começou a falar mais alto do que o simples relato dos fatos. Mais do que opiniões, a crônica brasileira passou a ser um lugar em que o autor expõe impressões, conexões, sentimentos, sacadas (*insights*).

Uma das possíveis explicações para essa metamorfose talvez seja o fato de que boa parte dos autores de crônicas, no Brasil, tanto ontem como hoje, é formada por escritores que colaboram com jornais e revistas, mas não estão atrelados ao cotidiano da redação. Assim, esse artesanato textual pressupõe reclusão ou, pelo menos, descolamento do ambiente corporativo. Só assim, longe da notícia, da pressa, seria possível ao cronista cultivar a arte do estranhamento de que falou o poeta Joseph Brodsky (1940-1996). A inspiração viria de certo estado de embriaguês não necessariamente alcoólica, mas antes existencial, "motivacional", tal como outro poeta, Charles Baudelaire (1821-1867), julgava necessário para se lidar com o peso do tempo ao longo da vida. A crônica, entre nós, se poetizou.

Não raro ouvimos dizer que a crônica, tal como a entendemos, só existe no Brasil. Bem, pode-se farejar aí certo excesso de patriotismo. Porém, de fato, na imprensa europeia ou americana, os textos autorais costumam ser mais longos e tendem ao exercício argumentativo. O autor está mais interessado em expor suas ideias do que suas preferências pessoais ou sua vida privada. No Brasil, nós os qualificaríamos como artigos ou ensaios, não como crônicas. É o caso de textos como este mesmo, por exemplo. De qualquer forma, se a crônica não é uma exclusividade brasileira, é sem dúvida uma especialidade, uma coisa que aprendemos a fazer do nosso jeito, como o futebol. Aqui ela ganhou consistência, ao longo dos anos, como uma modalidade de prosa breve, em primeira pessoa, escrita em um tom descompromissado, cujo assunto, em geral, surge na esteira do noticiário do momento. Sobre esses fatos de domínio público, o cronista busca um ângulo de observação que fuja do senso comum. Quando possível, tempera o texto com humor ou autoironia. Ao colocar-se na posição de um cidadão meio perdido diante dos embaraços da vida, chama o leitor para perto de si, despertando sua cumplicidade. O cronista busca estabelecer com o interlocutor uma relação horizontal, de mesa de bar, enquanto o articulista fala na vertical, como se estivesse em um palanque. A crônica é um texto sem gravata escrito para homens de gravata – os quais, ao lê-lo, deverão se permitir afrouxar o laço e esboçar um sorriso, não uma gargalhada.

A arte da crônica, no Brasil, antecipa em quase um século, na literatura, a leveza e o balanço que a Bossa Nova introduziria na música a partir da década de 1950. De algum modo, esse tipo de texto reproduz a sinuosidade do Rio de Janeiro, mesmo considerando que, no tempo dos cronistas pioneiros como Machado de Assis (1839-1908), os cariocas passassem a maior parte do tempo de costas para a ampla orla marítima, mais tarde celebrada por compositores como Tom Jobim (1927-1994).

A crônica brasileira pode ou não ter conteúdo narrativo, ou seja, incluir uma história ou episódios expostos de modo sumário, elementos que, sobretudo, servem ao autor como ponto de partida para uma elucubração ou um devaneio. Mesmo quando contém elementos romanescos ou ficcionais, ela se diferencia de um conto por explorar um nível mais baixo de conflito. Seus assuntos são as bagatelas do dia a dia. Temas polêmicos e intrincados não se prestam muito bem ao cronista – se quiser tratar deles, pensará antes em escrever um artigo. A crônica brasileira se propõe como a dispensável (mas irresistível) sobremesa cujo teor nutricional (informativo) está fora de questão. Para o cronista, a realidade é um ponto de partida, não um ponto de chegada.

Com esse modelo híbrido (relato e divagação), a crônica se estabeleceu no Brasil. No século passado, não havia jornal, grande ou pequeno, no interior ou nas capitais, que não reservasse espaço para um ou mais cronistas. Desde Machado, sempre houve autores de qualidade – João do Rio, Carlos Drummond de Andrade, Rubem Braga, Nelson Rodrigues, Luis Fernando Verissimo, entre outros – dedicados a esse gênero de escrita como ganha-pão ou como atividade paralela à ficção, e também mais rentável, pois mesmo a boa crônica é para consumo imediato. Os leitores se habituaram à leitura desses textos feitos sob medida como ao prazer de ouvir uma voz cativante, embora oculta. Aquele cidadão que aparece na foto no topo da coluna nos libera de prestar contas a Chronos e nos convida a celebrar Kairós. E isso sem nos tomar muito tempo nem nos exigir grandes conhecimentos prévios. A boa crônica é autoexplicativa. Quem escreve difícil não serve para cronista.

III

AS CONSIDERAÇÕES FEITAS ATÉ AQUI PODERIAM NOS fazer supor que o texto de Marão, "Nossa cidade", encaixa-se de fato na categoria crônica. Vejamos. Se o repórter compactou acontecimentos esparsos para adensar a narrativa, como que *engrossando o caldo* de um único dia, tão imaginário quanto o famoso 16 de junho de 1904 no *Ulisses* de James Joyce, poderíamos ver nisso um procedimento literário. E é. A nossa tendência, portanto, seria a de endossar a opinião do júri do Prêmio Esso de 1966. Porém, essa questão, que parece longínqua, nem por isso deve ser encerrada de forma tão simplista.

A manipulação do tempo não ocorre apenas nos textos considerados literários. Pensemos em uma notícia comum de jornal ou em uma referência a um episódio remoto em um livro de História. A técnica pela qual esses textos breves são redigidos baseia-se em sumários narrativos e não em cenas, ao contrário do que ocorre em "Nossa cidade". Ao selecionar tópicos, o autor descarta informações de permeio que poderiam alterar nossa compreensão global do tema. Temos a impressão de que nada aconteceu nos intervalos omitidos. O texto que nos parece tão preciso, coeso, peremptório, tem na realidade uma estrutura lacunar. Há sempre nele um conteúdo conexo do qual não sentimos falta, já que não nos é dado supô-lo por conta da brevidade da forma final. Portanto, em tese, uma simples nota de jornal pode não ter um teor menos *arbitrário*, no sentido das escolhas implícitas em sua redação, do que um caudaloso texto que consideramos *literário* por reconhecer nele uma abundância de detalhes que, por tradição, associamos à sensibilidade do artista.

No fim das contas, em uma narrativa, tanto a profusão quanto a concisão podem nos distanciar do episódio de referência. Narrar é sempre um ato seletivo, sejam ou não os fatos expostos na sequência em que ocorreram. O sábado que não existiu, na história de Conceição do Mato Dentro, existe na história do jornalismo brasileiro tanto quanto o dia 16 de junho de 1904, em Dublin, existe na história da literatura.

O gerenciamento do fator tempo, por parte do narrador, não é nem poderia ser o único critério para decidir se um determinado texto está ou não dentro dos parâmetros da reportagem. Outros aspectos devem ser considerados. No caso de "Nossa cidade", podemos refletir sobre outros pontos, que aparecem a seguir.

› Para realizar o trabalho de apuração, o repórter deslocou-se a um ambiente estranho e lá permaneceu por três semanas, tomando notas e entrevistando pessoas. Caso houvesse passado só um dia lá, como um apressado noticiarista, não atingiria o grau de imersão necessário para observar e absorver a vida pacata de Conceição do Mato Dentro, mesmo que os fatos narrados ocorressem nesse único dia.
› A ação constitui o eixo do texto, do início ao fim, o que caracteriza uma história. O autor transmite suas impressões de forma indireta, por meio do cenário externo e do movimento de personagens reais, sem utilizar o tom digressivo e confessional que é típico da crônica. Se a base está no enredo, "Nossa cidade" é uma reportagem narrativa.
› O texto de Marão ultrapassa 20 mil caracteres. Seu tamanho é mais de dez vezes superior ao de uma crônica tradicional na imprensa brasileira, que em geral fica em torno de dois mil caracteres. Um dos pressupostos do gênero, como já vimos, é a brevidade.

Se essas constatações nos parecem claras hoje, a pergunta que se coloca é: por que os jurados do Prêmio Esso, profissionais qualificados, teriam descartado a matéria "Nossa cidade" alegando tratar-se de uma crônica e não de uma reportagem? Vamos esboçar aqui uma das possíveis explicações.

    Na década de 1960, os jornalistas já haviam adquirido certo prestígio na vida mundana e cultural brasileira, mas ainda ansiavam pelo *status* social das profissões consolidadas. Para obtê-lo, era importante delimitar um campo de atuação. O próprio título da nova revista, *Realidade*, sinaliza a apropriação do aspecto concreto da vida, os acontecimentos externos, os "fatos reais". Em 1966, um jornalista *sério* (um ser em busca da chancela social) não podia expor-se ao risco de ser tomado por fabulador, ou seja, um charlatão, do mesmo modo como um médico, mesmo que acredite em espíritos, nunca vai propor ao paciente um tratamento espiritual. Por essas e outras, no âmbito da comunicação, a busca de estabelecer o limite entre ficção e realidade tornou-se uma obsessão profissional, como se isso, por si só, legitimasse o papel da imprensa, da qual o leitor solitário espera uma garantia de sentido para o caos da vida contemporânea. Se souber apresentar-se como um perito em separar alhos de bugalhos, o jornalista salta para o seleto grupo dos *homens que sabem o que fazem*, tal como o cidadão ingênuo considera o médico, o advogado, o engenheiro.

    Esse pressuposto, claro, é uma falácia. Aquilo que hoje entendemos como jornalismo literário, intangível como o *jazz*, leva-nos a pensar que o propósito de estabelecer limites firmes entre ficção e realidade é tão ilusório quanto tentar separar a água doce da água salgada na foz de um grande rio, ali onde ele encontra o mar.

Não há regra geral. Cada texto propõe um critério próprio. Podemos dizer que "Nossa cidade" convida à leitura leve e fluente que esperamos de uma boa crônica, mas não caberia pendurar-lhe tal etiqueta. A compactação do tempo, nesse caso, foi um recurso que tornou a reportagem menos "real", mas também mais autêntica. Um texto "realista" dificilmente nos colocaria tão dentro do ambiente de uma pequena cidade – algo que parece simples, mas só parece. Marão realizou, sem dúvida, uma reportagem – que parece uma crônica, mas só parece. E o que a faz parecer uma crônica é o fato de celebrar Kairós, o deus que dá liberdade ao autor para moldar o texto narrativo com vista a um efeito poético, em vez de prestar obediência cega a Chronos, deus dos jornalistas, que rege a agenda social.

Com "Nossa cidade", Marão magnetizou aquele dia em Conceição do Mato Dentro, colocando-o na mesma categoria do 16 de junho de 1904 em Dublin. *A day in the life*. Essas datas feitas de palavras estarão à nossa disposição para sempre. Aquele sábado em Minas Gerais, justamente por não ter existido lá atrás, em 1966, continua a existir até hoje.

SÃO PAULO, NOVEMBRO DE 2012.

Autoria e originalidade

Em 1929, aos 34 anos, o russo Mikhail Mikhailovich Bakhtin (1895-1975) publicou aquela que se tornaria, décadas mais tarde, uma de suas obras mais famosas, *Marxismo e filosofia da linguagem*. Eram tempos difíceis para ele. Pressionado pelo regime stalinista, Bakhtin teve de lançar esse livro sob a fictícia autoria de seu discípulo Valentin Volochínov, do mesmo modo como faria com outros textos também atribuídos a colegas. E, sob a jamais comprovada acusação de atividades ilegais relacionadas à Igreja Ortodoxa, foi obrigado a submeter-se a um exílio no Cazaquistão.

Como sabemos, Bakhtin, mais do que um linguista, é um filósofo da linguagem. Sua concepção de língua é mais ampla e dinâmica do que a de um mero arsenal de palavras, um sistema fechado. Abriga também fatores externos como o momento histórico, o contexto da fala e a relação do enunciador com o enunciatário. Uma das pedras angulares do dialogismo bakthiniano é a ideia de um mundo polifônico. Sua unidade estaria nesse emaranhado de vozes que constituem o fluxo da vida em diferentes tempos e lugares. Uma ideia desse tipo não podia, de fato, ser muito bem-vinda do lado de dentro dos portões do Kremlin. Lá trovejava a voz do ditador Stalin. O resto era para ser abafado no porão.

Nesse mesmo 1929 em que Bakhtin foi despachado para as frias estepes do Cazaquistão, o psiquiatra suíço Carl Gustav Jung (1875-1961), em Zurique, aquecia-se no calor de sua lareira. Ali escreveu o chamado "comentário europeu" como introdução explicativa a uma obra realizada em parceria com o sinólogo Richard Wilhelm. Trata-se de *O segredo da flor de ouro – um livro de vida chinês*, que continha a tradução alemã feita por Wilhelm do clássico taoísta *Tai I Ging Hua Dsung Dschi*.

A certa altura de seu comentário, Jung (1984, p. 32) escreve:

> Os maiores e mais importantes problemas da vida são, no fundo, insolúveis; e deve ser assim, uma vez que exprimem a polaridade necessária e imanente a todo sistema auto-regulador. Embora nunca possam ser resolvidos, é possível superá-los mediante uma ampliação da personalidade.

Trata-se de uma afirmativa original, ousada. Denota uma visão personalíssima da psicologia individual, tanto quanto aquela de Bakhtin no campo da comunicação humana. Ao fazer uma afirmativa assim, Jung propõe que a superação dos dramas e dilemas que nos achacam, em diferentes momentos da existência, não pode se basear em procedimentos diretos, mecânicos, como curar a cárie de um dente, tapar uma goteira, pagar uma conta vencida. Mais do que essa negociação de toma lá dá cá com as contingências da vida, é preciso realizar uma autêntica metanoia ou, como se dizia em certa época, "dar um salto quântico". Mais do que mirar no problema, é necessário ampliar a capacidade de ver as coisas de fora, projetadas sobre um novo cenário que não está pronto, mas que nos cabe construir.

Deixemos agora Jung ao lado de sua lareira, na Suíça, e vamos ao país onde sua obra seria publicada pela Dornverlag, de Munique, ainda em 1929. Nesse momento, na Alemanha, os nazistas dão a arrancada para a tomada do poder. As coisas começam a ficar pretas para o judeu Albert Einstein, que não conseguiria continuar a viver ali por muito tempo.

Como Jung, Einstein também é um homem cujos interesses e reflexões ultrapassam os limites da ciência. Não se preocupa apenas com os átomos e o cosmos, mas também com o que os homens fazem e dizem. Pensador transdisciplinar, hoje se diria. E é esse homem aflito com os destinos do mundo que, a certa altura, dirá: "Nossos problemas de maior magnitude não podem ser resolvidos ao mesmo nível de raciocínio em que estávamos quando os criamos".

A frase é famosa. Hoje circula nos meandros da internet, com pequenas variações, mas sempre atribuída ao próprio Einstein como um de seus numerosos aforismos. Não há por que duvidar, em princípio, de que ele a tenha de fato formulado. Era um homem espirituoso e íntegro, pelo quanto se sabe.

Porém, se a frase de Einstein é original em sua roupagem, no modo como soa em nossos ouvidos, não há dúvida de que ela guarda uma semelhança de fundo com aquela outra já mencionada, de Jung. Ambas partem do mesmo tipo de percepção. Embora aplicadas a duas diferentes instâncias, a do indivíduo (Jung) e a da coletividade (Einstein), elas escondem em seu núcleo o mesmo *insight*, o mesmo lampejo de compreensão das coisas que antecede a captação das palavras necessárias para expressá-lo. É a sensação de que a única esperança para a vida humana reside no crescimento interior.

É quase um detalhe que Jung chame isso de "ampliação da personalidade" e Einstein nos recomende abandonar o "nível de raciocínio em que estávamos". A arte também diz a mesma coisa usando, em vez do conceito, uma imagem: "*Vivir es cambiar/en cualquier foto vieja lo verás*", diriam em 1973 os irmãos compositores argentinos Homero e Virgilio Exposito no tango "Chau... no va más".

No caso das frases "gêmeas" de Jung e Einstein, nada nos autoriza a supor que algum deles possa ter-se inspirado no outro de forma consciente. Aliás, não se pode dizer que tenha havido aí uma transposição direta da mesma ideia, disfarçada por um ajuste de escala (indivíduo e coletividade) e pela formulação final, em palavras. Pode muito bem ter ocorrido uma "reverberação" de sentido, isto é, que a mesma ideia tenha transitado por muitos enunciados, ligando épocas e lugares distintos, até aflorar nas frases desses dois pensadores.

Tentar estabelecer os trajetos da influência de um enunciado sobre os outros é empreitada tão difícil, na vida cotidiana, quanto querer visualizar os entrechoques simultâneos de 20 bolas coloridas, quando o primeiro impacto as dispersa na mesa de bilhar. Ou de quem pegamos a última gripe. Isso é coisa para Bakhtin, que passou sete anos confinado às frias estepes do Cazaquistão.

SÃO PAULO, NOVEMBRO DE 2007.

Ex Oriente lux

O ADÁGIO *Ex Oriente lux*, EXPRESSÃO LATINA QUE SIGnifica "a luz vem do Oriente", comporta dois significados. O mais imediato diz respeito à luz do sol: ela nasce no leste, nos países do "Levante", e depois aos poucos vem se derramar sobre esta parte do planeta onde vivemos, dissipando a escuridão e embriaguez do sono. O outro significado dessa expressão, conhecida dos antigos romanos, é mais sutil. Está ligado não aos raios solares, mas à sabedoria necessária para cumprir o percurso da existência.

Sempre que o mundo ocidental entrou em crise ou se viu diante de aflições e incertezas, de algum modo se voltou para o Oriente em busca de *orientação*, como a própria palavra indica. Foi assim com os sábios gregos; com o general macedônio Alexandre; com as caravanas medievais ao tempo de Marco Polo; com os navegadores ibéricos; com artistas europeus do século XIX; com o psicólogo suíço Carl Jung, adepto do I Ching; com o escritor Herman Hesse, cuja ficção está permeada da filosofia oriental; com os Beatles, que foram à Índia e incorporaram cítaras aos arranjos musicais; e assim também com pensadores de grande profundidade espiritual como Alan Watts, entre outros expoentes da contracultura, na década de 1960, e o mitologista americano Joseph Campbell, autor de *O poder do mito* (1990).

O Oriente, como um velho senhor que evita sair de casa ou um guru silencioso, sempre esperou que o Ocidente fosse até ele, em busca de verdades milenares que funcionam como faróis em meio ao oceano. O Oriente esperava, não se movia; e daqui partiam os peregrinos, as caravelas, os poetas e os visionários, para trazer especiarias espirituais e pérolas filosóficas buriladas pelo tempo. Traziam e as aplicavam em pequena escala, numa sociedade dominada pela ânsia da produção e da pressa.

"O pensamento contemporâneo ocidental está viciado pelo excesso de especialização", afirmava algumas décadas atrás o historiador e professor britânico Arnold Toynbee (1889-1975), classificado pela revista *Time* como um "sábio internacional" do porte de Albert Einstein e Bertrand Russell. Ele (1976, p. 281) continua:

> A imagem que se forma na mente humana de um fragmento da realidade é distorcida se arbitrariamente o separamos de seu ambiente e o estudamos como se fosse uma entidade autossuficiente e não – como de fato acontece – parte inseparável de algo mais abrangente. Acho também que a análise sociológica contemporânea no Ocidente perde contato com a realidade por analisar os assuntos humanos em cortes transversais irrealistas, instantâneos, divorciados do passado e do futuro, como se a vida fosse uma natureza-morta. Na realidade, a vida é móvel e não pode ser vista como realmente é, a menos que fluindo na corrente do tempo.

Era um diagnóstico inquietante do tipo de vida que vivemos. Porém, algo fluiu intensamente ao longo das últimas décadas do século XX até o momento que vivemos hoje. Pode-se dizer que o Oriente já não está mais lá, onde sempre esteve, lá onde nasce o sol. O Oriente chega até nós como uma onda de novos hábitos, valores e símbolos que se infiltram no nosso cotidiano, assim como os fótons, partículas de luz, penetram na escuridão. Os indícios estão por todos os lugares. O signo do *yin-yang*, por exemplo, já se tornou para nós tão familiar quanto o logotipo dos grandes fabricantes de automóveis. Técnicas terapêuticas orientais abrem espaços no campo da assistência médica. As culinárias chinesa e japonesa já perderam o seu caráter exótico e se integraram ao nosso dia a dia. Os novos modelos de gestão empresarial incorporam conceitos filosóficos usados há milênios do outro lado da Terra.

Seria irreal pensar nos processos mencionados, e em muitos mais, como simples modismos ou fenômenos isolados. Deveria haver uma concepção de mundo por trás deles, servindo-lhes de força propulsiva.

Aqui surge o budismo. É verdade que, dos seus estimados 360 milhões de praticantes existentes no mundo, pouco mais de 240 mil estão no Brasil, segundo o censo do ano 2000. Porém, há claros sinais de expansão: a prática ultrapassa as colônias mais fechadas, as diferentes escolas dialogam entre si e traduzem textos fundamentais para o português.

UM SÁBADO QUE NÃO EXISTIU

O acontecimento mais importante do século XXI seria a chegada do budismo ao Ocidente. Essa afirmação do mesmo Toynbee parece bem perto da realidade. Nos últimos anos, cientistas ocidentais de vanguarda buscaram estabelecer conexões entre seus métodos investigativos e as mais tradicionais técnicos budistas de domínio do mundo sutil. Com base nisso, vemos hoje prestigiosas universidades americanas, como as de Princeton e Stanford, desenvolverem estudos avançados nos campos da telepatia e dos sonhos, respectivamente. O velho sábio britânico, portanto, uma vez mais tinha razão.

Todavia, essas são ideias gerais, aplicáveis a um arco de tempo que supera em muito os anos de vida de uma pessoa. Uma pergunta precisa ser feita e respondida: o que o budismo tem a oferecer ao Brasil, hoje, como embrião de uma nova vertente educacional?.

Flexibilidade talvez seja a primeira palavra a ser usada. Bem mais do que as religiões ocidentais, o budismo apresenta-se como uma doutrina plástica, adaptável ao meio e às circunstâncias. Mantém sua essência por meio da maleabilidade externa praticada ao longo de dois milênios e meio, desde o primeiro sermão de Buda no Parque das Gazelas, em Benares. Na China, o budismo fundiu-se com o taoísmo; no Japão, com o xintoísmo; na Índia, com o tantrismo, o cristianismo antigo e depois com diferentes formas de hinduísmo;

no Tibete e no Sudeste Asiático, com o xamanismo. Nenhum sistema filosófico fez tantos alongamentos musculares.

Uma das grandes virtudes do budismo é ter um notável espírito de tolerância, como destaca Ricardo Mário Gonçalves, estudioso da expansão dessa doutrina no Brasil, em reportagem da revista *Terra* de agosto de 2003. Isso a torna uma religião capaz de captar e interpretar a realidade local à sua maneira. "Ou seja, os budistas não têm dificuldades em aceitar o sincretismo religioso, mesclando sua experiência espiritual com as de outros povos, o que permite sua adaptação a novas culturas".

Essa opinião encontra respaldo em um dos maiores escritores do século XX. Jorge Luis Borges (1899-1986) chama a atenção para o fato de que o budismo

> [...] nunca recorreu ao ferro ou ao fogo, nunca pensou que o ferro ou o fogo fossem persuasivos. Quando Asoka, imperador da Índia, tornou-se budista, não tentou impor sua nova religião a ninguém. Um bom budista pode ser luterano, ou metodista, ou presbiteriano, ou calvinista, ou xintoísta, ou taoísta, ou católico, pode ser prosélito do Islã ou da religião judaica, com total liberdade. Em compensação, não é permitido a um cristão, a um judeu, a um muçulmano ser budista (BORGES, 1983, p. 93).

E conclui que "a tolerância do budismo não é uma debilidade, mas faz parte de sua índole mesma" (BORGES, 1983, p. 93).

Ora, é justamente essa propensão à conectividade e à parceria (para usar essas palavras hoje tão em voga) que se busca nas mais modernas concepções educacionais, quando se fala em interdisciplinaridade, multidisciplinaridade, transdisciplinaridade. Essa escala de conceitos, de abrangência crescente, abre-se para tradições antigas e novas formas de apreensão da realidade.

Se considerarmos cinco séculos de sincretismo religioso, poderemos afirmar que o Brasil sempre foi, na essência, uma cultura transdisciplinar, ou ao menos pluralista, ainda que a face oficial da educação quisesse parecer homogênea, cartesiana. Hoje, isso mudou. O que se busca é superar fronteiras. Eis aí, portanto, um terreno propício para o budismo, que se baseia na tolerância e na convivência pacífica.

A segunda palavra é *ética*. Aqui caberia lembrar a frase surpreendente de um ativista político russo pouco afeito ao universo religioso: "A ética é a estética do futuro", disse Vladimir Ilyich Lenin (1870-1924), fundador do regime soviético. Daí se depreende que nossos atos são muito mais do que ferramentas e processos para atingir determinado objetivo, mas configuram, por si, um mapa do nosso universo interior. Uma escultura, digamos. Em outras palavras, não pode haver dissociação entre táticas e valores, sob pena de comprometer nossa trajetória no mundo.

Sabemos que o budismo é ético ao extremo, a ponto de, às vezes, sob certos aspectos, parecer mais um código de posturas do que uma religião, no sentido pela qual a entendemos no Ocidente, ou seja, sobretudo como um roteiro de credenciamento para a vida eterna. De acordo com Borges (1983, p. 93): "O budismo, além de ser uma religião, é uma mitologia, uma cosmologia, um sistema metafísico, ou melhor, uma série de sistemas metafísicos". Na verdade, o budismo é um circuito de saberes, com conexões nem sempre fáceis de interpretar, mas sempre com profundo sentido humanístico. Nisso reside seu fascínio para as pessoas mais esclarecidas e interessadas em estabelecer relações saudáveis.

Pois bem, essa ética budista – bem perto de uma estética, por seu caráter suave e inspirador – afina-se com a ênfase que se dá hoje, nas melhores escolas, à necessidade de agir de forma equilibrada e transparente. As pessoas que elaboram rumos e programas na área da educação, em grande parte intelectuais de classe média, tendem a ver com bons olhos essa doutrina ao mesmo tempo simples e refinada que vem do Oriente. O budismo promove um tipo de reflexão sobre a vida que agrada às camadas mais cultas da população, ressalta Flávio Pierucci, professor de Antropologia na Universidade de São Paulo (USP), ainda na revista *Terra* (2003). Há nele um apelo direto à responsabilidade individual. O budismo não oferece nenhum deus que está nas alturas e faz as coisas por você, explica Pierucci, mas sim técnicas para você mesmo se salvar, sem esperar pela ajuda externa. É evidente o parentesco dessa ideia com conceitos fundamentais do construtivismo, no âmbito da educação, segundo os quais cada indivíduo deve elaborar por si as ferramentas e estabelecer os caminhos para o conhecimento.

Mesmo dentro do mundo corporativo, ou pelo menos em empresas mais arejadas, já se prega hoje uma humanização de processos. Uma gestão puramente "de resultado" representa uma visão arcaica, como queimar carvão para mover um trem. Se levarmos em conta que a escola deve não apenas informar, mas também formar futuros profissionais, está claro que a ética tende a ocupar espaços cada vez mais prioritários. Já não será uma espécie de perfumaria na grade curricular, como o inglês décadas atrás. A ética deverá se tornar um fator sistêmico na formação dos jovens. Importa não apenas *o que* se faz – mas *como* se faz.

É certo que o onipresente "jeitinho" brasileiro, traço marcante de nossa cultura, pode parecer, à primeira vista, um elemento essencialmente antiético, na medida em que sugere levar vantagem, burlar a regra, avançar o sinal. Porém, essa é apenas uma face da moeda. O "jeitinho" é igualmente a pedra angular de um comportamento que valoriza a flexibilidade, a criatividade e o senso de improvisação, fatores decisivos para atuar em um mundo instável.

Diríamos que o Brasil é um país com uma ética própria, ainda em formação. Nesse processo, o budismo tem muito a oferecer, sendo, como é, uma rara conjunção de maleabilidade externa e disciplina interna. A imagem de um sorvete de fruta ácida, com uma cobertura doce, quente e cremosa, ilustra o contraponto que está no cerne da nossa cultura – e isso, vale lembrar, não está muito longe do símbolo *yin-yang*.

Outra palavra a ser lembrada é *profundidade*. E profundidade é o que faz as coisas menos efêmeras do que são. Como sabemos, o budismo associa o sofrimento humano ao apego àquilo que é transitório. No terreno do conhecimento, portanto, deveríamos ser capazes de mudar nosso quadro de referências conforme mudam as circunstâncias em que vivemos. Isso não implica, no entanto, optar por um caráter leviano ou superficial. Ao contrário: mudar o que precisa ser mudado para deixar respirar aquilo que nunca muda. Ora, numa cultura como a nossa, sob o signo da instabilidade, esse ensinamento só pode ser de grande valia. Modela nosso caráter para que possamos enfrentar os altos e baixos da vida, trazendo um pouco da serenidade oriental para os recantos mais turbulentos do Ocidente. Alguns deles, sem dúvida, encontram-se no Brasil.

A situação em que vivemos no Ocidente, de modo geral, deve-se em grande parte ao nosso *modus operandi*, que até pouco tempo atrás teimava em incensar a objetividade. O cérebro esquerdo já não é mais suficiente para se viver no mundo de hoje – é o que ouvimos, cada vez mais, mesmo nos ambientes acadêmicos mais conservadores. Isso equivale a dizer que o raciocínio não pode prescindir da intuição, cuja sede seria o hemisfério direito da cabeça. "A imaginação é mais importante que o conhecimento", afirmou certa vez Albert Einstein, ele próprio uma prova cabal de que a imagem vem antes da fórmula.

A teoria dos hemisférios cerebrais deu o Prêmio Nobel de 1981 ao psicobiologista americano Roger Sperry. Essa nova maneira de abordar a atividade mental, ao contrapor racionalidade e intuição, mundo denso e mundo sutil, estabelece também, se assim quisermos, uma feliz correspondência com a geografia do nosso planeta. O Ocidente, que antes buscava o Oriente de forma incisiva, agora o recebe em sua casa. Ou seja, o fluxo vem de lá, conforme prega o adágio *Ex Oriente lux*. O que vemos acontecer confirma a ideia de Toynbee de que o budismo, a um só tempo revolucionário e sereno, pois não confronta outras formas de conhecimento, nem mesmo a da ciência clássica, tem tudo para cumprir um papel modelador em um novo sistema educacional que se faz necessário nestas bandas do planeta. Ele traz uma chave de leitura do mundo que pode ser de grande proveito para os brasileiros do futuro. E sem prejuízo da maçã de Newton.

COTIA, SETEMBRO DE 2003.

Reencontro com o mestre

"É AQUI O MENINO QUE FAZ CONTAS DE CABEÇA?", PERGUNtavam os curiosos das redondezas. E era ali mesmo. Antes até de trocar os dentes, Jacob era capaz de multiplicar números de vários algarismos e dar a resposta na hora. Mas ficava vermelho. Temendo que o filho entrasse em colapso, Sara proibiu aquilo de ele ficar fazendo contas para todo mundo ver.

Jacob era amigo dos números. Eles seriam, ao longo de toda sua vida, muito mais do que ferramentas de cálculo. Foram também o portal do conhecimento. No entanto, ele não nasceu em família com pendor para os números.

Seu avô paterno, na Rússia, tinha um açougue. Perdeu quase todo o dinheiro acumulado para livrar das prisões czaristas suas filhas médicas que alfabetizavam operários e pregavam o socialismo nos porões. A mais nova, Sara, nem teve chance de estudar – o pai estava falido. Mas, sendo também judia, teve de fugir para os Estados Unidos pouco antes da Revolução Russa, escapando da perseguição do czar. Lá conheceu outro judeu russo e fugitivo, Leon, e se casou com ele. Tiveram uma filha, Ethel.

O pai de Jacob vinha de uma família de músicos. Tocava bandolim e piano, de ouvido, nos grupos que faziam trilhas sonoras, ao vivo, para os filmes do cinema mudo. Tinha um irmão no Brasil, com uma loja de tecidos no interior paulista.

Após dez anos nos Estados Unidos, Leon e Sara resolveram tentar a sorte no Hemisfério Sul. Vieram de navio, com passagem de terceira classe, mas conseguiram passar à primeira quando o capitão ficou sabendo que ele era músico e o convidou a tocar para os passageiros. Desembarcaram no Brasil em 1920. Após curto período em uma cidade do interior, mudaram-se para São Paulo. Eram tempos difíceis. Na Revolução Tenentista de 1924, tiveram a casa destruída pelas bombas. Fugiram. Uma vez mais, fugiam de alguma coisa maior que eles. Estavam acostumados.

Voltaram à capital quando a situação política se normalizou. Jacob nasceu em maio de 1926. Tinha 6 anos quando a Revolução Constitucionalista desafiou o ditador Getúlio Vargas. Viu, nas ruas da cidade, os soldados armados de fuzis marchando para a frente de batalha. "Muitos deles não vão voltar", alguém comentou. O menino ouviu e não esqueceu.

Apesar das dificuldades da família, Jacob guarda boas lembranças da infância. Foram-se os aviõezinhos vermelhos da ditadura getulista, mas ficaram os bondes amarelos de Santo Amaro, que apitavam como os trens. E ele ainda podia passar férias à luz de lampiões a querosene numa chácara próxima ao local onde hoje fica o Aeroporto de Congonhas, na época zona rural.

Quando ele tinha 7 anos, a família se mudou para o bairro da Consolação. Jacob cursou o primário numa escola tradicional e aos 11 anos entrou em um ginásio onde professores sisudos chamavam os alunos de "senhor". Logo passou a usar calça comprida. Conquista importante na vida. Apreciava ciências, geografia e – é evidente – matemática. Estava entre os melhores alunos. Foi em frente, firme, sem perder sequer um ano escolar. Lia um livro por dia. Adorava os policiais de S. S. Van Dime e Edgard Wallace.

Quando Jacob completou 12 anos e devia se preparar para o *bar mitzvah*, Leon encarregou um amigo mais culto, que costumava jantar em sua casa uma vez por semana, de transmitir ao filho os princípios judaicos e as noções da língua hebraica. O professor Gordon, judeu russo de quase 70 anos que vivia só em uma pensão, ainda andava lépido pelas ruas da cidade, sempre de guarda-chuva, subindo e descendo dos bondes. Era uma espécie de consultor moral e intelectual da comunidade. Os judeus de São Paulo, que o requisitavam muito, queriam se aconselhar sobre se deviam trocar de emprego e coisas assim. Ele respondia com uma pergunta: "Faz diferença?"

Um dia, após discorrer uma hora sobre os preceitos judaicos, o professor Gordon disse a Jacob: "Bom, até aqui eu fui pago pelo seu pai. De agora em diante, é por minha conta". E então se pôs a contrariar tudo que dissera até então. Chegou até a admitir: "Jacob, sabe duma coisa? Aquilo tudo que eu falei antes não passa de uma grande bobagem". E foi em frente, falando de graça, como bom anarquista.

Outro, no meu lugar, podia até ter ficado meio baratinado, [recorda hoje Jacob]. Mas eu fiquei fascinado. Era um negócio interessante, dentro de um meio tão ortodoxo, ouvir alguém dizer que é preto e, na hora seguinte, que é branco. Ou seja, ver as duas coisas na mesma pessoa. Ele dava as aulas convencionais porque precisava daquele dinheiro para sobreviver, mas eu tinha a impressão de que acreditava muito mais na segunda parte do que na primeira.

A segunda parte estava mais perto da vida real. Apedrejar prostitutas? Ora, a puberdade trazia aos rapazes problemas concretos e imediatos. Ninguém ignorava que a chamada zona do meretrício ficava nas ruas dos Timbiras e dos Aimorés, no bairro de Santa Efigênia. Mas uma gonorreia só podia ser curada com repetidas lavagens na uretra, um tormento. Não havia antibióticos. Uma alternativa sexual eram as empregadas domésticas, mas aí o risco, em vez da gonorreia, era de uma gravidez acidental. Não havia pílula. Não havia nada. Havia tão somente os dilemas da adolescência, perguntas sem resposta. Com as namoradinhas do bairro, ninguém sonhava em avançar o sinal. Era namoro de portão, e olhe lá. O resto ficava para ser resolvido depois, do jeito que desse.

Sim, Jacob frequentou a zona, *comme il faut*, mas não muito; aquilo não era do seu feitio. Em compensação, passava tardes a fio em um salão de *snooker*. O garoto das contas e dos aviõezinhos vermelhos virou o rapaz do feltro verde. Por causa disso, quase perdeu o ano escolar. Mas escapou. Seu único ano perdido nada teve a ver com o taco, mas com uma nefrite aguda aos 14 anos. "Se ficasse crônica, eu estava danado", diz Jacob. Não ficou. Mas ele foi obrigado a passar três meses em repouso absoluto, privado do esporte e do sal na comida, tomando um litro de leite por dia. Na biblioteca municipal, leu tudo o que pôde sobre nefrite. A única coisa crônica em Jacob era a compulsão pela leitura. Leu tanto sobre doenças que ficou hipocondríaco.

O grande baque na adolescência de Jacob, aos 17 anos, foi a morte do pai, aos 52, em decorrência de um infarto não diagnosticado em tempo hábil. Leon foi tratado em casa, como era costume na época. Fumante inveterado, também tinha pressão alta e excesso de peso. Passou a fase final da doença sob uma tenda de oxigênio montada no quarto. Jacob nem teve chance de conversar muito com o pai. Era praticamente filho único. A irmã, pianista profissional, vivia viajando.

A morte de Leon mudou tudo. Sara ficou quase um ano pagando as despesas médicas; manteve luto fechado ao longo desse período em que também a cidade permanecia mergulhada na escuridão. Era a época dos blecautes; achavam que a cidade podia ser bombardeada de novo, mas não mais pelos vermelhinhos de Vargas, e sim pela Luftwaffe de Hitler. Tempos difíceis. Privações. E Sara teve de assumir o negócio do marido para sustentar a casa. Apesar de todas as dificuldades, fixou a meta de fazer o filho estudar. Em 1946, com 19 anos, Jacob ficou em sexto lugar entre 670 candidatos que disputavam 80 vagas na Escola Politécnica, que então funcionava na Avenida Tiradentes. Para comprar livros e roupas, passou a dar aulas de matemática nas poucas horas vagas. A Politécnica era puxada. Aulas de manhã e de tarde.

Aos domingos, durante nove meses, Jacob frequentou o Tiro de Guerra, alternativa ao serviço militar regular. Chegou a pensar, em determinado momento, que seria mandado lutar na Europa, se a Segunda Guerra Mundial se prolongasse um pouco mais. Em vez de soldado, ele continuou seguindo seu destino: os números, os cálculos, os livros. E também a música clássica que ouvia na vitrola, com muita paixão, mas sem o apurado ouvido musical da família paterna.

De Leon, no entanto, ficou-lhe o apego ao cigarro. Na faculdade, Jacob já fumava de um a dois maços por dia. Bem, todo mundo fumava. Na época, não se pensava que o cigarro podia ter algo a ver com doenças do coração. Fumar era necessário para os homens fazerem as coisas direito, sobretudo aqueles cálculos intrincados.

A engenharia era um mundo masculino. Na turma de Jacob, entre os 80 alunos, havia uma única mulher. Apesar de não ser um ambiente muito politizado, a Politécnica não deixava de ter seus ativistas de esquerda. Jacob não escapou de ler *O capital*, de Karl Marx, que lhe abriu as ideias. Uma das suas melhores recordações dessa época na Poli é a figura de um bem-humorado professor de cálculo diferencial e integral. Camargo também destoava do padrão, como o memorável professor Gordon, agora apenas uma lembrança. Pois ali vinha ele de novo, sob novo disfarce. Apreciador das festas e dos prazeres da noite, mais de uma vez o professor de cálculos chegou vestindo *smoking* para dar aula de manhã. Levava tudo mais na base da informalidade, quebrando o figurino austero da época. Porém, Camargo foi importante por outras razões. Trouxe um italiano para dar aula de geometria analítica, Giacomo Albanesi, que também era um professor especial. Em 1947, Camargo introduziu uma inovação no departamento de estatística: 20 máquinas de calcular Facit, operadas por manivela. Para Jacob, apaixonado por números, era um prato cheio. Aquelas prodigiosas maquininhas funcionavam como ele próprio, quando menino – mas faziam contas sem ficar vermelhas.

Jacob formou-se em Engenharia Civil em 1950, com 25 anos, e logo se casou. Em 1953, nasceram seus dois filhos. Como empregado de construtoras e, a seguir, como empreiteiro na capital, dedicou-se a galerias pluviais. Depois dirigiu obras importantes no interior, incluindo escolas, prédios públicos, um aeroporto e até um estádio de futebol.

UM SÁBADO QUE NÃO EXISTIU

Pouco depois, Jacob começou a construir pequenas casas por conta própria, em processo quase artesanal. Uma meia dúzia por ano, não mais que isso. Ele comprava o terreno, calculava, dirigia a obra e, depois de pronta, colocava à venda. "Uma coisa impensável nos dias de hoje", compara. Mas na época foi assim que conseguiu formar certo pecúlio. Na década de 1950, o país entrava numa espécie de adolescência eufórica, modernizante, na qual o concreto era a massa do bolo.

"Em 1962, enjoei de fazer casinhas", recorda Jacob. No ano anterior, já havia experimentado um voo maior: uma casa para ele próprio morar, na zona sul de São Paulo. Com fachada de pedra mineira, em voga na época, a construção ostentava o toque moderno e despojado dos anos 1960.

Interessado na questão habitacional e nos novos processos de pré-fabricação, Jacob pediu uma bolsa de estudos à Associação Técnica Francesa. Os franceses, em contrapartida, queriam saber detalhes do método "artesanal" de Jacob. Em outras palavras, como era possível alguém realizar tudo sozinho, desde limpar um terreno até fechar o negócio, com a casa pronta. Contemplado com a bolsa, ele aprendeu francês, fotografou seus sobrados e partiu sozinho para Paris em 1963. Tinha 37 anos. Era a primeira das muitas viagens à Europa que viriam mais tarde.

Foram seis meses em Paris, e só no último teve a companhia da sua mulher. Nos meses anteriores, morou num hotel e depois num apartamento, fez amigos, mas dedicou-se sobretudo ao curso. "Eles davam a bolsa, mas tiravam o sangue", recorda Jacob. Estudava muito e só de vez em quando sobrava tempo para ouvir alguma palestra na Sorbonne. Sempre sobre assuntos ligados à sua área. Jacob passou um pouco ao largo da vida mundana e cultural de Paris, embora apreciasse a cidade. "Eu era meio *caretão*", admite.

Mesmo assim, o período parisiense não deixou de produzir uma mudança importante em Jacob com respeito à construção de casas populares em larga escala. Era o que de fato o interessava. "Na França, adquiri uma visão social do problema da habitação", recorda. "Viajara para lá acreditando na força da tecnologia, mas depois percebi que ela não podia fazer milagres. A questão era, sobretudo, política e econômica. Voltei desencantado, sem saber bem o que fazer da vida."

O vazio da volta logo se revelou um estado fértil. Jacob começou a frequentar o Instituto Brasileiro de Filosofia para suprir a carência humanística de sua formação em Engenharia Civil. Interessou-se também por uma ciência nascente, a cibernética. Pôs-se a estudá-la por conta própria.

Empolgado com esse novo campo de estudos e valendo-se de seus conhecimentos em matemática e estatística, Jacob retomou um projeto esboçado ainda antes de ir para a França. Era um "computador eletrônico subdesenvolvido", como ele o chamou jocosamente numa reportagem publicada em um grande jornal da capital, em julho de 1963. Tratava-se de um sistema de cerca de 300 caixas de fósforos, alimentadas por duas mil bolinhas coloridas em jogadas aleatórias, a fim de disputar o tradicional jogo da velha com a pessoa que operava o sistema. Um rigoroso critério de prêmios e punições (sempre em bolinhas, claro) permitia à máquina "aprender" com os "erros" cometidos e ir melhorando o desempenho. À semelhança da vida humana, esses erros se tornavam mais graves em idade mais avançada, com menos tempo (representado pelo saldo disponível em bolinhas) para ser reparados.

A reportagem falava em um brinquedo que Jacob havia feito para os filhos. Mas não era bem isso. Era antes um brinquedo para ele próprio. As bolinhas, as caixas de fósforo, tudo isso expressava um ritual que lhe permitia conectar-se com seu universo sagrado – as fórmulas matemáticas, os mapas e quadros estatísticos que representavam os mistérios do acaso. Ou do destino, se a coisa fosse olhada pelo lado da filosofia. "Aquilo foi minha porta de entrada num outro mundo, que não era o da engenharia", reflete.

A curiosa máquina do jogo da velha, que já chegara ao conhecimento da Associação Internacional de Cibernética, na Bélgica, empolgou um dos professores do Instituto Brasileiro de Filosofia, que daí em diante haveria de se tornar uma

figura importante na vida de Jacob, abrindo-lhe novos horizontes. Tratava-se do filósofo tcheco Vilém Flusser (1920-
-1991), celebridade na Europa que viveu duas décadas no Brasil, sem o mesmo reconhecimento, antes de voltar para lá em 1972. Na década de 1960, ele tinha muito prestígio num reduzido círculo de artistas e intelectuais de São Paulo, que aos domingos costumavam se reunir em sua casa no Jardim América. Jacob foi introduzido nesse ambiente, a convite de Flusser – em grande parte devido ao seu surpreendente "computador subdesenvolvido".

Em 1965, Flusser convidou Jacob para ir ao Rio conhecer um amigo que trabalhava no Ministério das Relações Exteriores. Tratava-se do escritor João Guimarães Rosa. Tendo lido seu *Grande sertão*, Jacob o considerava o maior escritor brasileiro. Topou ir ao Rio, claro. Mas, na verdade, nessa conversa entre Rosa e Flusser, ele próprio quase nem abriu a boca, só ouviu. No final, o escritor virou-se para ele e fez uma observação repentina, mais ou menos assim: "Olha, eu acho que você é meio poeta".

Jacob voltou para São Paulo com aquilo na cabeça.

> Fiquei desvanecido. Até comentei em casa: "Pô, que gozado, será que esse cara viu em mim alguma coisa que nem eu mesmo vi?". Ele devia ter *chutado*, claro. Não era nenhum clarividente. Mal me conhecia e o papo foi entre ele e Flusser. Como é que, em um simples encontro

de uma hora, ele poderia ter visto se eu era ou não poeta? Bem... mas também pode ser que, naquela época, eu próprio tivesse um conceito muito estreito de poesia.

Então aquele computador rudimentar não era poesia? Uma inteligência formada por bolinhas coloridas dentro de caixas de fósforo. Só para jogar o jogo da velha, nada mais.

Em torno dos 40 anos, nessa mesma época em que estudava cibernética e frequentava as tertúlias na casa de Flusser, Jacob decidiu dar o pulo do gato na sua vida econômica e profissional, como especialista em obras. A ideia era atuar como incorporador na construção de um prédio de apartamentos. Ficaria no final com alguns para ele próprio, como lastro de uma sonhada independência financeira. Isso permitiria que ele se dedicasse depois apenas ao que lhe agradava: a matemática, a cibernética, a filosofia.

Jacob fez os cálculos muito bem, eram sua especialidade. Levantou o prédio. Mas não era um empresário nato – e o gerenciamento do negócio acabou por tornar aquele ano (o mesmo em que conhecera Guimarães Rosa) o maior tormento em sua vida. "Eu ficava perturbado nas reuniões com os condôminos, que me enchiam o saco. Todo mês era obrigado a enfrentar aquela malta. Eu não tinha prática, fiquei estressado. Até que chegou o momento da debacle. Não aguentei, tive um troço."

No auge da crise, Jacob ficava andando horas pela rua, sem destino. Chegou a internar-se para um tratamento com sonoterapia. Submeteu-se, por três anos, a sessões de psicanálise, dedicando-se a uma longa revisão de vida: "É aí que se começa o verdadeiro aprendizado. Não durante, mas depois". Um segundo Jacob estava nascendo. Chegava a vez de ele próprio tirar lições de seus erros, à semelhança do seu engenho, que ia aprendendo a se virar sozinho no jogo da velha. A questão era saber quantas bolinhas coloridas restavam dentro das caixas de fósforo.

> Fiquei arrasado por não ter conseguido levar a empreitada a bom termo. Mas não liquidado, como muita gente chegou a pensar. Graças à minha sólida formação moral, não cheguei a dar prejuízo a ninguém mais. Mas é verdade que abandonei esse ramo, digamos assim, um pouco ingloriamente. Perdi o prédio, tive de passá-lo à frente de modo atabalhoado, sem condições emocionais de fazer um bom negócio. Praticamente o dei de mão beijada. Mas era necessário me desvencilhar daquilo. Percebera que tinha me metido numa coisa da qual talvez fosse levar a vida inteira para sair. Aquela não era a minha. Estava tudo errado. Até o casamento estava errado. E eu era muito careta.

O rombo existencial era maior que o prédio que ele construíra. Jacob defrontava-se com a propalada crise da meia-idade. Em 1968, terminou um casamento de 15 anos e afastou-se dos filhos. Deixou sua confortável casa de 300 m^2 para morar em um quarto e sala de apenas 25 m^2, em um "treme-treme", apelido que então se dava a prédios cuja estrutura física superava a estatura moral, ou seja, uma terra meio sem lei, onde vale tudo. Aos 42 anos, era a primeira vez que, de fato, ele morava sozinho. Oficialmente, não estava sob a barra de nenhuma saia, como sempre estivera antes, embora a rotatividade da presença feminina marcasse o início da sua nova ciranda de intelectual disponível.

A essa altura, Jacob já não tinha mais recursos para financiar a construção de pequenas casas, como fazia nos anos 1950. Mas, pouco antes do desquite, em 1967, ele fora convidado por Flusser para ensinar cibernética em uma faculdade da capital. A crise transformava o engenheiro em professor. Então ele pôde envolver-se com a grande novidade da época, o curso de Comunicação Social, que ninguém sabia exatamente o que era nem para que servia.

> O Brasil foi um dos primeiros países do mundo a criar faculdades de Comunicação, que mesmo hoje não existem em muitos lugares, [ressalta Jacob]. Aqui elas foram concebidas como uma tentativa do regime ditatorial de esvaziar as faculdades de Filosofia e Ciências Humanas, tradicionais núcleos de contestação. O projeto tinha um propósito político, embora naquela época isto não estivesse muito claro.

REENCONTRO COM O MESTRE

A faculdade onde Jacob passou a ensinar não constituía terreno dos mais propícios a ousadias políticas. Mesmo assim, sabia de vez em quando afrouxar as rédeas e abrir espaços, aqui e ali, para pensadores de vanguarda. Em 1968, ano da contestação e da contracultura, Jacob foi encarregado de ciceronear o prestigioso Edgar Morin, que visitava a faculdade. Chegou com ele à noite, ambos acompanhados dos alunos interessados na palestra. Encontrando o prédio fechado por causa de uma greve, teve de tomar todas as providências práticas.

> A única autoridade, por assim dizer, era eu. Então mandei abrir a sala, acender a luz, e fiz os alunos entrarem. Fiquei na mesa com Morin. Quando ele começou a palestra, de repente apareceram umas labaredas lá fora, atrás do cortinão. Morin perguntou: "Será que a gente continua ou vai embora?". Ele estava preocupado. Eu respondi: "Não, a gente continua". Ele foi em frente, mas devia estar pensando: "O que é que eu estou fazendo na América Latina? Daqui a pouco, eles botam fogo nesta josta toda". Mais tarde, vim a saber que uma perua havia se incendiado lá fora. Mas nunca descobri se era um atentado, uma ameaça ou coisa parecida.

O país entrava numa fase cinzenta. A ditadura apertava o torniquete. Os órgãos repressivos infiltravam informantes até em escolas conservadoras, como aquela onde Jacob trabalhava. Os grupos esquerdistas tinham de se mover com extremo cuidado, pisando em ovos. Mas a própria noção do risco ajudava a tornar mais sedutoras suas diferentes colorações e estratégias. Fase cinzenta – mas também romântica.

Ainda em 1968, Jacob fez uma viagem de trabalho a uma Tchecoslováquia sob a tutela russa. Teve dificuldade para achar hotel em Praga, cidade de Flusser. Acabou hospedando-se por uma semana na casa de um funcionário da embaixada brasileira, com o qual travou amizade por acaso, em decorrência do mútuo interesse em filosofia. Por meio dele, contatou mais gente. Teve oportunidade de conhecer por dentro algumas repartições públicas. Surpreendeu-se ao ver que a competição entre funcionários, mesmo em um país socialista, não diferia muito da que costumava vigorar no mundo capitalista. "As instituições é que são patológicas", diz ele, "configuram comportamentos meio doentios".

Uma posição dessas, cética e realista, era também incômoda dentro dos padrões da época, marcada pela polaridade política. No Brasil, entre as classes intelectualizadas, só se podia ser contra o regime militar ou a favor dele. Fora disso, restava o paganismo dos "alienados" ou dos "inocentes úteis", desprezados pelos esquerdistas.

> Convivi com patrulhas dos dois lados. Em verdade, as ditaduras latino-americanas jogaram os intelectuais para a esquerda, numa

época em que, na Europa ocidental, eles já se desencantavam com o marxismo. Pelo menos, com o stalinismo. Lá, como não havia repressão, era possível não ser stalinista sem parecer fascista. Aqui, muita gente que durante a ditadura passava por direitista, como é o caso do próprio Flusser, na verdade estava vendo mais longe que os outros.

Entre os professores, colegas de Jacob, não muitos viam a situação de modo semelhante a ele. Eram os que navegavam solitariamente no mundo do conhecimento, evitando a correnteza das ideologias.

> No fundo, também sou meio anarquista. Cultivo um pouco aquele ímpeto da adolescência: *se hay gobierno, yo soy contra*. Não consigo acreditar em coisas muito formalizadas. Sempre me amolou o poder instituído, não importa de que tipo seja. Não gosto de toda essa racionalização que se faz para exercer o domínio.

No Brasil, para quem discordava do regime militar, não raro, os diálogos com a autoridade constituída começavam com choque elétrico. Mas o contato direto de Jacob com o espírito repressivo vigente na época foi tênue, se comparado ao que muita gente passou nos "porões do regime" – expressão que virou um clichê para a repressão política. Uma vez, ele foi chamado a prestar satisfações aos homens do Serviço

Nacional de Informações sobre um artigo que havia escrito. Outra vez, na Universidade de São Paulo (USP), convidado a dar uma palestra na Escola de Comunicações e Artes (ECA), encontrou o prédio fechado. Resolveu falar aos alunos do lado de fora, no gramado. Isso lhe valeu severa reprimenda por parte do reitor. Mas nada que lhe tirasse o sono.

Os primeiros anos de sua nova vida de professor foram jubilosos. Era o início de um ciclo de viagens (Estados Unidos, Europa, União Soviética, Austrália), em geral vinculadas à participação em congressos, mas que também favoreciam o lazer e os bons contatos. A nova companheira de Jacob, interessada em filosofia, ajudou-o a consolidar seu interesse pelo estudo regular de uma disciplina pela qual sempre tivera uma inclinação pessoal, nada acadêmica. Ele era como um ser anfíbio. Pertencia ao mundo da exatidão, do cálculo, e também ao do imponderável, da palavra.

Era assim que também eu me sentia, recém-chegado a São Paulo, em março de 1972. Ex-estudante de Eletrotécnica, após uma crise pessoal, havia dado uma guinada ao desistir da área das ciências exatas e me aventurar em uma faculdade de Comunicação Social. O dilema, no entanto, continuou dentro de mim por algum tempo. Havia deixado no Sul uma matrícula em Arquitetura e ainda teria tempo de começar o curso lá, se voltasse atrás no máximo até a Semana Santa. Essa dúvida me dilacerou durante várias semanas.

Eu tinha então 18 anos de idade. Jacob, com 46, era nosso professor em uma disciplina intitulada Fundamentos Científicos da Comunicação (FCC), que incluía desde noções de sistemas digitais até incursões pelos campos da arte e do comportamento humano. Certa noite, ele colocou no quadro uma série de tópicos que resumiam os princípios do psicólogo americano Carl Rogers. Um deles dizia mais ou menos o seguinte: "Ninguém ensina nada a ninguém".

Ao ler a frase, fiquei desnorteado. Perguntava-me como era possível um professor apregoar uma ideia que, à primeira vista, desqualificava sua própria função. Caso se tratasse de um tipo medíocre ou insosso, como outros que também nos davam aulas disso ou daquilo, eu não teria levado a sério. Porém, tratava-se de Jacob Gelman, nosso luminar, cujas aulas nos deleitavam como se fossem apresentações musicais.

No Sul, onde eu tivera vários engenheiros como professores no curso de Eletrotécnica, gente atrelada ao ramerrão das fórmulas, seria impensável eu algum dia ter a chance de deparar com um conceito tão instigante. Mesmo sem entender bem a ideia de Rogers, repercutida por Jacob, intuí que me caberia a missão de decifrá-la. Era um chamado. Ninguém ensina nada a ninguém, certo, mas fora necessário aparecer alguém para ensinar exatamente isso, que ninguém ensina. Talvez eu houvesse pressentido que o aparente paradoxo poderia vir a ser uma ferramenta de expansão da consciência, uma espécie de *koan*, embora meu contato com a filosofia zen e o taoísmo só fosse ocorrer muitos anos mais tarde. Como professor, Jacob foi, sem saber, meu primeiro mestre de cerimônias no mundo do pensamento humanístico e, por extensão, na vida da metrópole. Eu também não sabia disso. Mas o fato é que, de algum modo, decidi permanecer em São Paulo, em vez de voltar para o Sul.

Tantas águas roladas, 29 anos depois de meu batismo de fogo, estou sentado diante de Jacob em sua casa espaçosa, não muito distante do Aeroporto de Congonhas. Há uma paineira na frente. Já não passam bondes na rua, mas apressados ônibus movidos a gás, como antes era a iluminação pública. Tenho 47 anos de vida, pouco mais que ele, agora com 75, tinha no tempo em que me deu aquela aula. Ao sabor do vinho alentejano Monsaraz, revisitamos a frase de Rogers que jamais esqueci – a que diz que ninguém ensina nada a ninguém.

> Bem, pela regra, você pode aprender coisas como engenharia ou uma língua estrangeira, por exemplo. Mas não aprende a essência, porque isso varia de pessoa a pessoa. A vida me mostrou que as coisas mais importantes que aprendi não foram pela regra, mas por tentativa e erro. É um aprendizado sem forma, sem professor, vamos dizer assim. Não dá para fazer com tudo, por ser mais lento e dispendioso, porém tem a vantagem de permitir que cada um faça do seu modo e

no seu ritmo. Se um índio for aprender a dirigir sozinho, sem nunca ter visto um automóvel antes, vai levar muito tempo até saber usar os instrumentos numa certa ordem e fazer o veículo andar. Mas tem chance de descobrir coisas que pouca gente sabe, como por exemplo que é possível mudar a marcha sem usar a embreagem, só pela rotação do motor. Claro, o índio vai quebrar alguns carros no caminho, mas com o tempo é provável que se torne melhor motorista do que qualquer um de nós. Vou dar outro exemplo. Se você disser a uma criança pequena para ela não chegar perto do fogo, pode ser que ela não se queime, mas também talvez nunca se esquente num dia frio. Se ela se chamuscar, vai aprender que de meio metro para lá não dá para ir. Porém, esse limite ideal pode ser de 40 centímetros para outra criança. Ao contrário da regra, o aprendizado por tentativa e erro é individual, mas muito superior. É também mais demorado, por isto você precisa ter uma reserva de sobrevivência, como as bolinhas coloridas do meu "computador subdesenvolvido", para poder continuar errando ao longo do processo. Ou seja, para não morrer antes de aprender.

Com 50 anos, em 1976, Jacob iniciou um mestrado na área de Filosofia da Ciência. Essa nova fase de estudos resultaria em um livro. O tema lhe interessava desde que era estudante na Politécnica. Os seis anos de mestrado também representaram outra pequena revolução em sua vida.

No início, fiquei meio assim por voltar a ser aluno, sentar ao lado de gente muito mais jovem. Mas depois me diverti. Aquilo foi importante para mim, que vinha de uma formação técnica e de uma prática de construção. O que eu aprendera depois, sobre cibernética e teoria da informação, havia sido por conta própria, como autodidata. Na USP, tive a chance de encontrar professores bem mais jovens que eu, e muito bons, que me introduziram à filosofia antiga e moderna. Aquilo me abriu a cabeça outra vez. Agradeço a mim mesmo por ter feito o mestrado.

Outras novidades vieram nessa transição para a casa dos 50. Jacob publicou um pequeno conto sobre dois cegos que, num sábado de manhã, enfrentam-se a bengaladas. Foi sua única experiência na área da ficção, mas em todo caso mostrava que Guimarães Rosa, dez anos antes, não estava de todo equivocado em relação a ele.

Em parceria com o filho, Jacob construiu um novo engenho denominado "simulador de catástrofes", com base em um modelo teórico encontrado em uma revista. Expuseram a peça na Bienal de Artes, que tinha um setor destinado a esse tema. A teoria da catástrofe versava sobre fenômenos descontínuos como o congelamento da água, os terremotos, os colapsos econômicos e outras situações em que o equilíbrio se rompe de maneira brusca, após alterações gradativas. Há uma evolução lenta, e, de repente, acontece algo irreversível. "Muitos deles não vão voltar", comentara alguém na Avenida São João, quando Jacob, de calça curta, via os soldados marchando para a luta. Por isso, as equações matemáticas que aprendeu pela vida afora tinham de ter também um componente trágico – não podiam ser uma mera correnteza de números, como no projeto de uma galeria de águas pluviais.

O "simulador de catástrofes", representação artística de um conceito matemático, era um dispositivo composto por duas rodas de madeira fixas em eixos e ligadas entre si por molas. Jacob vinha estudando com interesse a teoria. A Bienal foi a chance de materializar a nova paixão intelectual, assim como o computador de caixa de fósforos representara sua visita aos domínios da cibernética.

> Curti demais fazer aquilo, tinha que calcular as molas e tudo o mais. Mas não sei se o pessoal entendeu muito bem a ideia. Ninguém sabia direito o que era a teoria da catástrofe. Botaram na Bienal porque estava na moda.

Enquanto isso, na faculdade, as placas tectônicas se moviam de modo imperceptível para colocar Jacob diante de uma pequena catástrofe. Sendo um dos professores mais antigos, ele a certa altura se viu na contingência de aceitar a presidência da associação dos docentes, embora isso não fosse do seu agrado. Na sua gestão, a diretoria demitiu 20 professores, alegando incompetência, porém sabia-se haver razões políticas por trás. Sem ter como reverter o quadro, Jacob colaborou em iniciativas judiciais para desagravar os demitidos, obrigando a diretoria a se retratar publicamente. Vitória de Pirro. Recebeu uma estatueta dos outros professores, reconhecendo sua atuação corajosa na defesa deles, mas ficou em maus lençóis perante a diretoria. Passou a ser visto como a ovelha negra. Por ter estabilidade no emprego, não podia ser demitido, mas perdeu a chefia do departamento e sofreu um cerceamento silencioso e progressivo. Isolado, sem clima para continuar trabalhando ali, o próprio Jacob, com o tempo, passou a querer ir embora. Mas pedir demissão era o mesmo que sair sem nada, pois fora contratado com base em uma legislação anterior ao fundo de garantia. Precisava negociar um bom acordo de desligamento, sem ter cacife nem respaldo de ninguém. O impasse durou alguns anos. E ele sem saber o que fazer.

    A solução lhe veio de modo fortuito. Um dia, ao passar de táxi pelo bairro do Itaim, Jacob veio a saber que o motorista estivera numa situação semelhante à sua. Queria deixar o emprego de enfermeiro no sanatório psiquiátrico do Juqueri, mas não conseguia que o demitissem. Então concebeu um estratagema interessante. Como era comum os enfermeiros usarem um esguicho de água fria para acalmar os doentes mentais muito agitados, ele decidiu lançar mão desse mesmo recurso – porém sobre os médicos que trabalhavam lá. Interpelado, inventou que havia feito aquilo por causa de um zumbido na cabeça, queixa que ele próprio estava habituado a ouvir dos internos. Mais que depressa, a diretoria do sanatório o mandou embora. Aí ele comprou o sonhado táxi. Fingir-se de louco, portanto, havia sido a única maneira encontrada pelo enfermeiro para deixar um hospital de loucos.

Jacob resolveu inspirar-se no exemplo do taxista. Já que não tinha como direcionar um esguicho sobre a diretoria da faculdade, apesar de sua experiência com galerias de águas pluviais, achou por bem transformar-se numa espécie de "simulador de catástrofe", porque também conhecia esse ramo de atividade. Numa reunião da congregação, usou sua argumentação de engenheiro civil para afirmar que uma sala do subsolo do prédio estava em situação gravíssima, sem iluminação nem seguro contra fogo. Se houvesse um sinistro, a diretoria seria responsabilizada. Em caso de vistoria da prefeitura, haveria interdição das instalações. Pintou um quadro ameaçador, exigiu que constasse em ata e pediu que encaminhassem seu parecer à diretoria da fundação. Em questão de dias, Jacob foi chamado para fechar o acordo de desligamento, conforme desejava. Seu desempenho pessoal como "simulador de catástrofe" funcionara às maravilhas.

UM SÁBADO QUE NÃO EXISTIU

A última fase da longa permanência na faculdade, amargando uma situação desvantajosa e tendo de inventar sucessivas táticas de sobrevivência em ambiente hostil, permitiu a Jacob refletir sobre os códigos secretos das relações de poder. Era o germe da futura tese de doutorado.

O início de sua desestabilização nesse emprego coincidiu com a crise no segundo casamento. Isso o fez voltar à antiga casa com a paineira na frente. Ficou quatro anos vivendo sozinho, com relações passageiras. Mas sentir-se de novo avulso já não teve o peso da primeira vez: "Quando você se separou uma vez, já sabe que sobrevive".

O ano de 1986 foi um novo divisor de águas. Aos 60 anos, além de dar adeus à faculdade que ocupara grande parte de sua vida, Jacob parou de fumar e resolveu partir para um doutorado, instigado por uma amiga interessada em orientar seu trabalho. Autodidata em cibernética nos longínquos anos 1960, Jacob transformou-se num doutor em Ciências da Comunicação. A tese renderia outro livro.

Exceto pelos livros de Jacob, eu nunca mais havia tido notícias dele desde minha formatura em Jornalismo, em 1975. Nesse longo intervalo, só o encontrara uma vez, de passagem, num lugar público. Trocamos não mais de meia dúzia de palavras de praxe. Identifiquei-me como seu ex-aluno, por cortesia, sem esperar que me reconhecesse. Mas foi comovente encontrá-lo. Sentia por ele ainda a mesma grata admiração de outros tempos, talvez com uma ponta de vergonha por jamais ter conseguido acabar de ler os livros de semiologia de Umberto Eco, indicados por Jacob no primeiro ano. Por ironia, na disciplina ministrada por ele, eu havia recebido a única nota baixa (5,7) em meus quatro anos de faculdade; no entanto, em termos de conteúdo, dali tirei o essencial. Nunca me esqueci da frase de Rogers, escrita por ele no quadro, ao longo de todos os anos que se passaram e dos tantos lugares onde vivi.

No inverno do ano 2000, retirei-me por alguns dias em um sítio, a pouco mais de uma hora de São Paulo, recomendado por uma amiga, para me concentrar em um texto que estava escrevendo. Enquanto esperava o almoço, na sala, conversei com a proprietária e depois fiquei passando os olhos ao acaso por alguns objetos interessantes e também pelas lombadas dos livros da biblioteca. De repente, deparei com uma obra de Carl Rogers, em inglês. Evoquei de imediato a figura distante de meu ex-professor do primeiro ano da faculdade, o qual perdera de vista. Durante o dia, pensei outras vezes nele, perguntando-me por onde andaria.

À noite, o marido da proprietária do sítio chegou de São Paulo. Ao vê-lo, fiquei radiante. O Jacob que ela mencionara várias vezes em nossa conversa não era outro senão meu antigo e cibernético mestre – o simulador de catástrofes que não ensinava nada a ninguém. Em carne e osso. Emocionado, quase nem pude retomar meu trabalho. Ele também escrevia regularmente ali no sítio, em um amplo e agradável escritório. Conversamos bastante durante o almoço do dia seguinte. Só o senso do dever me fez lembrar que eu estava ali com uma missão a cumprir, e não para prosear com ele à vontade, como eu teria preferido. Mesmo assim, soube muito sobre seu passado recente.

Jacob começara a relação com sua terceira mulher em meados da década de 1980. Dois anos depois, quando faziam uma viagem de carro pelo interior, um corretor de imóveis os apresentou àquela região de colinas suaves que lembram os meandros da Toscana. Resolveram criar um sítio e um centro de estudos alternativos. Juntamente com seu filho, Jacob começou a pensar na ideia de implantar uma espécie de construtora ambientalista na região, para projetar casas dotadas, por exemplo, de sistema de aquecimento solar e hortas de ervas medicinais. Durante o período de nossas conversas posteriores, em São Paulo, Jacob ocupava-se em estabelecer contatos com fabricantes de cata-ventos, visando ao aproveitamento da energia eólica. De novo, transparecia nele uma faceta de vanguardismo, como quando década atrás se interessava por casas pré-fabricadas.

> Eu gosto de construir. Acho legal botar a mão na massa, lidar com operário, ter coisas concretas para resolver. Enfim, gosto de ver uma

obra sair do chão, com os problemas que vão pintando no caminho. Se o destino me dissesse: "Vá ser engenheiro de novo", tudo bem. Hoje eu acho que qualquer coisa pode ser interessante: escrever um livro, fazer uma casa, talvez até mesmo varrer a rua. Antes eu achava isso o fim da linha. Queria estar em ambiente intelectual, achando que entre os filósofos é que estava o verdadeiro saber. Isso, eu não tenho mais. Ser filósofo não é necessariamente melhor do que ser barbeiro ou alfaiate. Fiz tanta coisa... e talvez não fosse assim se eu tivesse dado o pulo do gato aos 40 anos. Podia muito bem continuar careta, como antes, pensando só naquilo. Bem, claro que é sempre suspeito olhar o passado tentando explicar tudo, mas enfim... Minha vida tem sido ótima, um aprendizado contínuo.

Em alguns dias da semana, Jacob dá aulas sobre divulgação científica em um curso de pós-graduação, orienta alunos, coordena seminários e um projeto de intercâmbio internacional. Decano entre os professores de outra faculdade, há alguns anos Jacob recebeu uma plaquinha dos doutorandos com esta mensagem: "Transmitir com entusiasmo juvenil um saber maduro e consistente foi para o querido mestre uma tarefa leve. Receber seus ensinamentos, para nós, foi prazeroso. Obrigado".

Essa não é a única prova concreta de que a palavra de Jacob faz sentido para gerações mais novas. Não raro, os alunos vão visitá-lo em sua casa. É uma garantia de prestígio. Ele sabe bem que, para um professor, é dramático perceber que não consegue mais se comunicar com os alunos: "Você sente se está agradando ou não. Quando você começa a ver nos olhos deles que você já passou, é melhor pendurar as chuteiras".

Para mim, foram necessários muitos anos e muitas andanças pelo mundo, como também a experiência de ter-me tornado professor, à semelhança de Jacob, para afinal poder entender a frase de Rogers que ele escreveu no quadro, com giz, e que tanto me intrigou nos meus 18 anos, ao chegar a São Paulo. Ninguém ensina (mesmo) nada a ninguém? É mais ou menos isso. Mas eu o diria, hoje, de outra maneira. Um professor pode, no máximo, me abrir a janela. Se sou uma borboleta, vou voar. Se sou uma barata, escondo-me num canto. Ali, no escuro, fico a me perguntar quem foi o gaiato que abriu a janela. A barata só saberá que tem asas se alguém a jogar pela janela. Por isso, ela se esconde debaixo da cama. Para não usar as asas. É verdade: ninguém ensina nada a ninguém. Mas também é verdade: alguém tem que abrir a janela. Segundo um velho ditado, se o discípulo está pronto, o mestre aparece. Se invertermos a ideia, nem por isso ela será menos válida: se o discípulo não está pronto, o mestre desaparece. Torna-se inútil. Pois o papel essencial do professor não é dar respostas, mas induzir o aluno a fazer a si próprio as perguntas que precisam ser feitas. Sobretudo aquelas mais complexas, mais incômodas, que não têm respostas imediatas, mas dependem de um clique, no futuro, quando (se) um dia lhe "cair a ficha".

Jacob diz que vive, hoje, das aulas que dá. Isso lhe é suficiente, já que descarta maiores ambições de consumo. Não está convencido, por exemplo, de que valeria a pena trocar seu carro de meia-idade, que às vezes lhe dá trabalho, por um novo que nada acrescentaria à sua autoestima e ainda aumentaria a chance de ser assaltado na rua. Não vamos esquecer: Jacob é um homem acostumado a pensar em probabilidades. Tem uma vida confortável, entre a residência na zona sul da capital, onde na infância passava as férias em ruas de terra, e o sítio onde hoje passa os finais de semana. Lá a comida é leve, quase vegetariana. Jacob tem tendência à pressão alta e peleja para perder uns quilos. Quando está em São Paulo, gosta de comer em um restaurante japonês próximo à sua casa. Supõe gastar por mês ali mais ou menos o equivalente ao que recebe de direitos autorais por seus vários livros publicados.

> Não sei se vai ficar muito da minha obra. De qualquer modo, a imortalidade que você pode adquirir pela obra é uma ficção para você mesmo. Você morreu, morreu. Acabou, acabou. Gozado, à medida que se envelhece, o medo da morte devia aumentar, por se estar mais perto dela. Mas às vezes acontece o contrário. Comigo foi assim. Acho que meu medo e minha hipocondria diminuíram. Hoje eu te-

nho a sensação de que a vida não me deve nada. Não me preocupo com o que possa ou não haver do outro lado. De qualquer forma, vou saber. Ou não, se não houver nada. Porém, seja como for, havendo ou não algo depois, esse algo será muito diferente daquilo que está aqui. Disso parece que não há dúvida, não é?

Um silêncio corta a conversa. O gravador registra apenas o barulho de um ônibus que passa lá fora. Vinho. E então continuamos a falar sobre a vida e a proximidade da morte.

É como se você houvesse comprado um pacote turístico. Você chega nesse outro lugar, passa um dia aqui, outro lá, outro acolá... Mas a certa altura se dá conta de que viagem entra em contagem regressiva: faltam dez dias, cinco dias, três dias... Aí você começa a pensar: "Bom, deixa eu aproveitar bastante, porque sei lá quando é que eu vou voltar a ver esta paisagem". É esta a sensação que eu tenho agora. Estou numa viagem e tenho de curtir. Para mim, está muito divertido, a paisagem que estou vendo é rica demais. Vale a pena prestar atenção. Não pelo que possa ou não vir depois da morte. Mas porque, aqui, o que cada um de nós vê, pensa e sente é único no mundo, como uma obra de arte. Pois ninguém mais vive a vida que você viveu.

Na nossa terceira e última conversa, Jacob define-se como "agnóstico". Recordo que nos encontros anteriores havia dito também: "egoísta" e "anarquista". Pressinto certo

parentesco entre essas três palavras. Juntas, talvez formem a equação que expressa a personalidade desse professor de cabelos brancos que jamais ensinou nada a ninguém. E por isso está fadado a continuar ensinando.

COTIA, JULHO DE 2001.

Os dez mil polos de MarcoPolo

I

AO ENTRARMOS NUMA LIVRARIA, É PROVÁVEL QUE ENcontremos duas obras de alcance universal e praticamente contemporâneas, *A divina comédia*, de Dante Alighieri, e *As viagens de Marco Polo* (*Il Milione*), também conhecida como *O livro das maravilhas*, alocadas em diferentes seções. A primeira, em alguma prateleira dedicada à ficção ou à poesia; a segunda, talvez em meio a livros de história ou geografia, já que durante séculos serviu de referência para cartógrafos e estudiosos de cosmografia.

No entanto, bastaria folhearmos poucas páginas de cada um desses livros para nos darmos conta de que eles bem poderiam estar em posições inversas ou mesmo juntos. Vejamos. Dante descreve sua viagem por instâncias míticas – Inferno, Purgatório e Paraíso –, mas encaixa dentro delas um retrato fidedigno da Itália de sua época. Vale-se de personagens reais, cujos nomes e feitos estão em grande parte documentados ou pertencem ao domínio público.

Marco Polo, por sua vez, embora cite lugares que existiam ou ainda existem, compondo um roteiro coerente pela historicamente confirmada Rota da Seda, dá asas à imaginação de um modo que talvez nem mesmo o inventivo poeta toscano pudesse permitir-se. Em sua obra, supostamente ditada na prisão genovesa ao escritor Rustichello, ele fala de homens com cabeça de cachorro, objetos voadores e cidades com dez mil pontes. Realismo mágico. Como se vê, Marco Polo não fica muito a dever a García Márquez.

Ao cotejarmos esses dois livros, o de Dante e o de Marco Polo, assinados por homens que os produziram no período de transição entre os séculos XIII e XIV, vemos já naquela época sérias infiltrações nesse muro de Berlim que, para efeitos didáticos e organizacionais, finge separar os domínios da fantasia e da realidade. Esse muro foi erigido em terreno pantanoso. Isso ficou claro no final do século XX, quando teóricos como Linda Hutcheon, professora de Literatura Comparada da Universidade de Toronto, formularam os conceitos da chamada metaficção historiográfica.

Ao mesmo tempo, nas páginas de diversos órgãos de imprensa americanos e europeus, mas também brasileiros, em um segundo momento, consolidava-se uma abordagem mais flexível e inventiva dos fatos que passaria a ser conhecida como jornalismo literário. Ele abriga formas narrativas que, sem se prenderem à objetividade da notícia, lançam mão de recursos antes reservados a ficcionistas, seja na captação do material, seja na elaboração do texto.

O século XXI provavelmente assistirá à conclusão dessa ponte sobre o muro. Seus pilares de sustentação, no mundo acadêmico, são os pressupostos de que realidade e ficção constituem campos reversíveis, assim como acontece com massa e energia na física moderna. No mundo do jornalismo, entretanto, difundia-se a ideia de que não há nem pode haver um observador imparcial e que, portanto, o outrora celebrado dogma da objetividade não passaria de um acordo de cavalheiros, sem grande lastro na vida real.

Nada disso deveria nos surpreender tanto. Vivemos numa época que se diria de "aceitação da mestiçagem". Em todos os planos de pensamento e ação, cultuamos a mobilidade de conceitos. Começamos pela mistura de sangue, de crenças, de procedimentos industriais, e vemos que a isso também corresponde um incremento na interatividade entre os gêneros do discurso. Importa menos *o que* uma coisa é do que *como* ela é, assim como afirmou uma vez Louis Armstrong em relação ao *jazz*. "Ficção" e "não ficção" são categorias que dizem mais respeito às prateleiras das livrarias e das bibliotecas do que ao conteúdo dos livros que estão alojados nelas.

II

SE PARA O JORNALISMO CONVENCIONAL JÁ FOI TANTAS vezes reclamado o *status* de gênero literário, com muito mais razão aí se enquadraria o jornalismo literário. Em primeiro lugar, porque ele assume como princípio sua natureza híbrida, mestiça, isto é, sua condição de interface entre o domínio dos fatos e o da imaginação. Em segundo lugar, porque sempre foi praticado, em grande parte, por autores habituados a produzir contos e romances, e que, portanto, como se costuma dizer, "têm o cacoete" da criação de textos de maior fôlego e de maior inventividade.

Dentro do vasto campo do jornalismo literário, que como o *jazz* é um universo em expansão, a narrativa de viagem ocupa um lugar especial. Seu apelo, mesmo aos olhos do leitor médio, é muito forte. Para confirmá-lo, basta observar a popularidade de livros escritos por executivos que se impuseram o desafio de subir no Monte Everest ou fazer o Caminho de Santiago. Uma pessoa que se move em ambientes exóticos, ainda que sobre eles diga coisas não muito originais, tem grande chance de cativar aqueles que prefeririam estar lá, em aventuras mais gratificantes, do que trancados nos elevadores e nos congestionamentos de trânsito das grandes cidades.

Porém, não é o aspecto sociológico desse fenômeno, e muito menos o comercial, o que aqui nos interessa. O que queremos saber é quais são e como funcionam os fatores intrínsecos que fazem das narrativas de viagem, em primeiro lugar, uma variante muito bem definida do jornalismo literário e, num plano mais geral, um gênero da literatura.

OS DEZ MIL POLOS DE MARCO POLO

Vale lembrar que, entre as características do jornalismo literário, uma das mais importantes é a chamada *imersão*. Isso significa um alto grau de envolvimento do autor com o tema sobre o qual trabalha, seja do ponto de vista existencial, durante a captação do material, seja no momento da elaboração do texto, que implica uma escolha acertada do foco narrativo. Pode-se dizer que, em certos casos, o autor se transforma quase num personagem de si próprio. E sua arte narrativa se aproxima bastante do estilo oral dos viajantes arcaicos. Walter Benjamin (1994, p. 198-199) trata desse fenômeno em seu ensaio "O narrador – considerações sobre a obra de Nikolai Leskov", publicado em 1936:

> A experiência que passa de pessoa a pessoa é a fonte a que recorreram todos os narradores. E, entre as narrativas escritas, as melhores são as que menos se distinguem das histórias orais contadas pelos inúmeros narradores anônimos. Entre estes, existem dois grupos, que se interpenetram de múltiplas maneiras. A figura do narrador só se torna plenamente tangível se temos presentes esses dois grupos. "Quem viaja tem muito o que contar", diz o povo, e com isso imagina o narrador como alguém que vem de longe. Mas também escutamos com prazer o homem que ganhou honestamente sua vida sem sair do seu país e que conhece suas histórias e tradições. Se quisermos concretizar esses dois grupos através dos seus representantes arcaicos, podemos dizer que um

é exemplificado pelo camponês sedentário, e o outro pelo marinheiro comerciante.

No entanto, é preciso deixar claro que narrar uma história de viagem em primeira pessoa, mesmo que seja num tom de oralidade, não basta para situá-la no âmbito do jornalismo literário. O foco narrativo é algo mais abrangente do que essa simples questão técnica; envolve, por exemplo, uma releitura dos estados emocionais do autor, um certo tom de cumplicidade com o leitor e até mesmo o compartilhamento de conteúdos íntimos, fatores que não estão presentes no jornalismo convencional.

Portanto, se tomamos a imersão como critério, descartamos desde já um lote de grandes livros da literatura universal que, como *A volta ao mundo em oitenta dias*, de Júlio Verne, não têm explicitamente como protagonista o próprio autor, em carne e osso, com seu nome e endereço. O que nos interessa examinar, isto sim, são aqueles relatos pessoais que constituíram uma experiência existencial intensa, transformadora e de alto valor simbólico para o narrador, como resultado de *insights* e reflexões propiciados por cenários diferentes daqueles nos quais se está acostumado a viver. Estamos falando de viagens reais, das quais o narrador volta transformado. Aquilo que teria acontecido com Dante Alighieri se, em vez de descer ao Inferno, tivesse preferido ir até a China.

III

O SÉCULO XX FOI PRÓDIGO EM NARRATIVAS DE VIAGENS desse tipo, imersivas, em que o viajante passa por uma experiência transformadora. Elas constituem bons exemplos de jornalismo literário, mesmo tendo sido escritas muito antes de essa denominação se disseminar por vários países. Cabe frisar, aliás, que o gênero, em si, vem de mais longe.

Para esboçar uma lista de exemplos, vamos ao fim do século XVIII. Ali encontramos *Viagem à Itália* (1786-1788), de Goethe. Com 37 anos, ao sentir-se afogado em compromissos, o poeta praticamente foge da Alemanha, sem avisar ninguém, e toma o rumo do sul. Nos arredores de Nápoles, escreve: "Pareço a mim mesmo uma pessoa totalmente diferente. Ontem pensei comigo: 'Ou você era louco antes ou tornou-se agora'" (GOETHE, 1997, p. 247, tradução nossa). Em uma passagem de outra obra, *O divã ocidental-oriental,* o autor traduz a condição do viajante como algo próximo do sentido da vida, de maneira geral, ao afirmar que, por não sabermos renascer, somos nada mais do que "tristes viajantes nesta estrada escura". No entanto, o simples fato de nos colocarmos em movimento já representa, por si, uma espécie de bálsamo para a alma. Longe da Alemanha, longe das sombras de sempre, longe de si mesmo, até se poderia dizer, temos um Goethe livre, lépido e faceiro a mover-se sob o sol do Mediterrâneo.

UM SÁBADO QUE NÃO EXISTIU

O fascínio pela Itália, em diferentes épocas, não foi incomum em homens que viviam do outro lado dos Alpes, mesmo naqueles que tratavam o mundo das emoções, por assim dizer, de modo científico. Basta lembrar Freud, que se extasia diante das ruínas de Roma, e seu discípulo desgarrado Jung, que vive uma estranha experiência em Ravena. Mas essas não foram viagens de longa duração.

Nas primeiras décadas do século XX, muitos escritores e artistas se lançaram em experiências prolongadas de contato com outras culturas, numa espécie de perambulação boêmia e até autoexílio. Tratava-se de uma versão moderna, ferroviária, do chamado *Grand Tour* da Europa ocidental, moda que atraía de maneira especial os jovens membros da aristocracia britânica do século XVIII. Essas "viagens de recreio e instrução", como os antigos costumavam denominá-las, envolvem uma espécie de desafio de autodesenvolvimento: o viajante vai em busca do outro, aprende com ele e – sem se deixar perder nas curvas do caminho – volta e incorpora aquilo que aprendeu à sua própria atividade.

Em 1911, com 23 anos, Le Corbusier viaja por mais de cinco meses com um amigo por roteiros pouco conhecidos nos Bálcãs, conhece Atenas, Istambul e faz apontamentos e desenhos. O relato *A viagem do Oriente* faz parte de seu testamento como arquiteto.

No caso de Hemingway, os anos vividos na capital francesa, de 1921 a 1928, resultam em *Paris é uma festa*. Décadas depois, ele diz a um amigo: "Se você teve a sorte de viver em Paris, quando jovem, sua presença continuará a acompanhá-lo pelo resto da vida, onde quer que você esteja, porque Paris é uma festa móvel".

No começo da Segunda Guerra Mundial, Henry Miller passa cerca de um ano na Grécia, encanta-se com o país e, em especial, com o poeta Katsimbalis, que adota como uma espécie de guru. *O colosso de Marússia* é muito mais que um livro de viagem, é como uma aventura de Miller nos confins da sua consciência.

No imediato pós-guerra, Albert Camus, aos 33 anos, faz sua primeira travessia do Atlântico. Visita os Estados Unidos em 1946 e, três anos depois, o Brasil e outros países da América do Sul, onde permanece entre junho e agosto de 1949. Seu *Diário de viagem*, escrito num período depressivo, traz vívidas observações sobre o cotidiano nas cidades brasileiras e impressões sobre vários escritores, entre os quais Manuel Bandeira e Oswald de Andrade.

Aos 49 anos, Elias Canetti acompanha uma equipe cinematográfica inglesa ao Marrocos, onde permanece durante três semanas em março de 1954. *As vozes de Marrakech* é um formidável retrato sobre o cotidiano na capital do país e de suas reflexões no contato com um povo misterioso, que ele se esforça em decifrar.

UM SÁBADO QUE NÃO EXISTIU

Aos 36 anos, em novembro de 1959, Italo Calvino parte de navio para os Estados Unidos, com outros escritores europeus contemplados com bolsas da Fundação Ford. "O lugar ideal para mim é aquele em que é mais natural viver como estrangeiro", diz ele. Seu "Diário americano" é o relato de um périplo por várias cidades e regiões dos Estados Unidos e, acima de tudo, de sua perplexidade diante de um país ao mesmo tempo caipira e cosmopolita.

Em uma situação semelhante, porém como bolsista da Aliança Francesa, em 1961, o pernambucano Osman Lins parte de navio para a França e lá permanece durante seis meses, visitando também outros países da Europa. *Marinheiro de primeira viagem*, publicado dois anos depois, conta como essa experiência europeia marcou sua vida pessoal e deu novos rumos à sua carreira literária.

Em novembro de 1974, o cineasta alemão Werner Herzog fica sabendo que uma amiga, em Paris, está à beira da morte. Parte ao encontro dela, a pé, em pleno inverno, com a esperança de que seu sacrifício pessoal poderia salvá-la. *Caminhando no gelo* é o diário dessa jornada exaustiva e introspectiva ao longo de mil quilômetros entre Munique e Paris, que Herzog, então com 32 anos, percorre durante quase um mês. Mais tarde, confessa: "Gosto mais desse livro do que de todos os meus filmes".

Nesse mesmo ano de 1974, Paul Theroux, escritor americano de relatos de viagem, então com 33 anos e residente na Inglaterra, parte de Londres no Expresso do Oriente para uma viagem de quatro meses pelos trilhos de numerosos países orientais, até o Japão. Seu verdadeiro interesse são os trens, que ama desde criança. Depois de voltar à Europa, pela Transiberiana, escreve *O grande bazar ferroviário – de trem pela Ásia*, uma insólita narrativa de viagem na qual os passageiros dos trens são retratados de forma emblemática e ampliada, como habitantes do mundo.

Em meados dos anos 1970, o inglês Bruce Chatwin, inspirado por um suposto "pedaço de brontossauro" trazido por um primo marinheiro de uma caverna na Patagônia, larga o emprego e parte para uma aventura de seis meses naquela área inóspita da Argentina. Seu livro de estreia, *Na Patagônia*, que mescla fatos e ficção, tornou-se um clássico entre as narrativas de viagens contemporâneas.

Em maio de 1982, aos 68 anos, Julio Cortázar e sua mulher, Carol Dunlop, também escritora, partem de Paris para Marselha em um furgão devidamente adaptado para essa empreitada. A viagem dura um mês, com paradas em todos os hotéis e restaurantes da estrada. Chegam até a receber visitas de amigos nesses lugares de passagem. A regra do jogo é não sair nunca dessa autopista de cerca de 800 quilômetros, que acaba por se tornar sua casa. A inusitada "expedição", como a chamam, é narrada em tom épico e divertido em *Los autonautas de la cosmopista – o un viaje atemporal París-Marsella*, publicado pouco antes da morte de ambos os autores, por leucemia, com um intervalo não muito longo. A aventura e o livro foram, portanto, uma espécie de despedida ou de testamento literário que eles decidiram fazer em parceria como casal e como escritores.

Em 2002, aos 53 anos, o poeta e jornalista Nick Tosches, conhecido nos Estados Unidos como escritor de biografias, publica *A última casa de ópio*. É o relato de sua viagem desde Nova York até recantos improváveis do Extremo Oriente, por vias capilares e às vezes pouco recomendáveis, em busca de uma tradição considerada extinta no mundo. Esse pequeno livro-reportagem, uma pérola do jornalismo literário, embora publicado no Brasil, não despertou por aqui a devida atenção nem mesmo entre os pesquisadores da área.

Também merecem ser mencionados autores menos conhecidos – e, em geral, não traduzidos no Brasil –, mas que, em seus países de origem, já firmaram um conceito junto aos leitores de narrativas de viagem. É o caso, por exemplo, dos italianos Alberto Arbasino, autor de *Trans-Pacific Express*; Tiziano Terzani, que conta sua viagem por terra de um ano pelo interior da Ásia em *Un indovino mi disse*; e da jornalista Laura Leonelli que, em *Siberia per due*, narra uma viagem com a filha de 6 anos por aldeias perdidas nos grotões da Rússia. E ainda dos espanhóis Javier Reverte, Luis

Pancorbo e o irrequieto José Antonio Labordeta, autor de *Un país en la mochila*.

IV

"Convém fazeres uma nova viagem", recomenda Virgílio a Dante, logo no primeiro canto de *A divina comédia*. É o momento em que o poeta toscano, na metade da vida, sente-se perdido na sua "floresta escura", sem saber para onde ir. Não podia mais seguir em frente. O caminho lhe era barrado por três animais ferozes: um leão (associado ao orgulho), uma pantera (a luxúria) e uma loba (a avareza).

Empreender essa "nova viagem" indicada por Virgílio, que se dispõe a lhe servir de guia, significa para Dante nada menos que atravessar o Inferno, depois o Purgatório e só então entrar no Paraíso. Cumprir essa peregrinação no mundo dos mortos representaria, para ele, uma transformação tão profunda quanto aquela que Paulo experimenta no meio da estrada de Damasco, ao ouvir a voz de Deus, quando, como sabemos, deixa de perseguir cristãos para se tornar um deles.

As viagens de fato importantes, ontem ou hoje, têm como ponto de partida não exatamente um lugar, mas sim o desconforto de alguém com esse lugar ou, mais precisamente, com o tipo de vida que está levando ali em determinado momento. O princípio ativo de um empreendimento desse tipo é a sensação difusa de que algo diferente deve ser buscado em outras plagas. Não importa muito se o viajante tem claro, para si, o que está buscando; a simples possibilidade de ver o seu ambiente habitual "de fora" ou "de longe" já configura uma viagem, se a entendemos não como uma gincana de quilometragem aérea, mas sobretudo como um deslocamento de ponto de vista.

Se a meta é, como para Tosches, uma improvável casa de ópio no Extremo Oriente; ou uma inacreditável sucessão de trilhos e trens, como para Theroux; ou ainda uma previsível autoestrada francesa, percorrida de modo incomum, como para Cortázar e Carol, isso pouco influi no resultado final, ou seja, no texto que mais tarde será impresso nas páginas de um livro.

O que importa, isto sim, é de que modo o autor consegue olhar pelas frestas das portas; captar o essencial que se esconde no banal, assim como o transcendental no cotidiano; transformar espaço em tempo, e vice-versa, conforme as necessidades de cada etapa do caminho; e depois, ao manejar as palavras, convencer o leitor de que ele, ao realizar aquela experiência, era de fato a pessoa que estava no lugar certo, no momento certo.

Para que esse milagre seja possível, é preciso amaciar o quanto possível a fronteira entre realidade e imaginação. Não é outra coisa o que se busca nas narrativas, desde o tempo em que as ouvíamos sentados em volta da fogueira.

V

SE A FRONTEIRA ENTRE FATO E FICÇÃO É IMPRECISA na maioria dos gêneros da escrita, tanto mais isso acontece na narrativa de viagem. Muitos fatores colaboram para esse fenômeno. Primeiro, a própria disposição de ânimo do autor, que procura algo em caminhos distantes das ruas nas quais está habituado a passar, e talvez nem saiba o que seja. Depois, pelo caráter efêmero das situações que haverá de encontrar, do descompromisso dos encontros, da transitoriedade dos cenários e sobretudo da consciência de que dificilmente voltará a revê-los. Portanto, o viajante pode comportar-se de maneira "leve" (como se estivesse em sua cidade, mas vivendo nela o último dia de sua vida) e fantasiosa, porque a mente se expande naturalmente ao se ver livre da rolha da rotina.

Além desses fatores imanentes, há de se considerar o fato de que, na maioria dos relatos de viagem, o conteúdo narrativo é inverificável para o leitor. Ele está longe do cenário em que a ação se desenrola – e, em princípio, mais predisposto a acreditar em coisas incomuns do que quando ouve contar algo sobre seu bairro, sua aldeia. O exemplo clássico é o já citado *O livro das maravilhas,* em que Marco Polo convence os venezianos de que, no Oriente longínquo, até as leis da física e da biologia são diferentes daquelas a que eles estão habituados.

Pode-se dizer que a narrativa de viagem potencializa, no leitor, aquele fenômeno que o filósofo e poeta inglês Samuel Taylor Coleridge denominou "suspensão voluntária da descrença" (*the willing suspension of disbelief*). O narrador é como um ser investido da fé pública. De certo modo, representa o seu leitor, o seu povo, em mares nunca dantes navegados.

O fato de a fronteira entre a realidade e a ficção ser inapreensível na narrativa de viagem não implica, é claro, que ela não exista ou que tentar visualizá-la, mesmo nas brumas, não seja um exercício salutar para a mente inquisitiva. A questão é: como fazê-lo? Aparecerá um Virgílio, em alguma curva da estrada, para apontar o caminho?

Não se pode contar com isso. Para tentar resolver a questão, podemos lançar mão do conjunto de elementos que denominei *fatores de fabulação* em um livro de 2011 intitulado *Em trânsito – Um ensaio sobre narrativas de viagem.* Trata-se de ferramentas para compreender como se verifica, na prática, o processo de ficcionalização de um fato. Em outras palavras: que caminhos um autor segue na transmutação alquímica do que ele viu para aquilo que gostaria de ter visto.

"Como todos os grandes viajantes, eu vi mais coisas do que consigo lembrar, e lembro mais coisas do que vi". Essa frase espirituosa de Essper George, personagem de Benjamin Disraeli em seu primeiro romance, *Vivian Grey*, de 1826, é o perfeito retrato do fenômeno que ocorre na memória de quem se põe em marcha por caminhos desconhecidos. Ainda que eles tenham buracos, pedras e espinhos, haverá um dia futuro, depois de voltar para casa, em que as provações vividas se tornarão um material tênue, etéreo, como uma melodia distante. "A música nos faz recordar um passado que nunca existiu", observou Oscar Wilde. A mesma coisa vale para a narrativa de viagem. E disso já sabia o nosso digno decano Marco Polo.

VI

Quando nossos avós vieram para o Brasil, há mais de cem anos, a grande maioria deles podia até sonhar em fazer dinheiro por aqui e, um dia, quem sabe, voltar à Europa para rever o que havia deixado para trás. Mas eles não podiam ignorar um fato: poucas vezes isso se verificava na prática. O mais comum era que a travessia do Atlântico, em um determinado vapor, cujo nome jamais haveriam de esquecer, se configurasse não apenas como uma viagem, mas *a única* grande viagem da vida deles. Custava caro ir de um continente a outro. Era coisa para ricos ou então para gente sem perspectiva, disposta a investir sua última esperança numa grande cartada.

Hoje, como sabemos, o quadro é bem diferente. Basta olhar para o céu e ver, entre as nuvens, os riscos brancos dos aviões. Muitos são os que viajam para longe com as facilidades oferecidas neste início do século XXI. Até por causa delas, no entanto, poucos são aqueles que, com a singularidade do olhar e o talento da palavra, conseguem transformar uma viagem exterior (como a de Marco Polo) em uma jornada interior (como a de Dante Alighieri).

O bom equilíbrio entre as percepções exteriores e interiores já é meio caminho andado para a construção das boas narrativas de viagem. Nelas, podem-se combinar, livremente, elementos característicos de diversos tipos de texto: ensaio, crônica, carta, reportagem, autobiografia, romance, observação de costumes e relato de aventura. Podemos identificar nesse gênero inúmeros fatores de fabulação, como o alto grau de envolvimento existencial do narrador; os condicionamentos psicológicos, logísticos e ambientais da sua jornada; a multiplicidade dos temas abordados; e também a indulgente expectativa do leitor em relação a eventos ocorridos em terras distantes.

Tais componentes são necessários para transformar um deslocamento no espaço, acessível a qualquer um, em um deslocamento no tempo, coisa para poucos. E aqui cabe, para finalizar, uma frase de Descartes: "Viajar é como falar com homens de outros séculos".

SÃO PAULO, JUNHO DE 2007.

Gomes e Saramago

Vou comparar dois livros que apresentam contrastes e semelhanças fortes. Um deles é *História do cerco de Lisboa*, do português José Saramago (1922)[1], publicado no Brasil no ano 2000, pela Companhia das Letras. Trata-se de um romance de um dos mais festejados escritores da nossa época e, com toda a justiça, laureado com o Prêmio Nobel em 1998. O outro é *A solidão segundo Solano López*, publicado 20 anos antes do primeiro, em 1980, pela Civilização Brasileira. Seu autor é o pouco conhecido Carlos de Oliveira Gomes (1927-1988), do qual até mesmo os poderosos tentáculos da internet ficam a nos dever informações básicas.

De fato, se digitarmos o nome José Saramago na ferramenta de busca Google, obteremos no presente momento nada menos de 34.100 incidências. Se fizermos o mesmo com Carlos de Oliveira Gomes, as indicações se contam em parcas dezenas. Nenhuma delas se refere ao escritor, mas a homônimos que atuam em outras áreas.

Tudo o que sei desse misterioso Gomes é que foi um gaúcho que provavelmente passou os últimos anos de sua vida no Rio de Janeiro, no bairro de Jacarepaguá ou em algum lugar por aquela região da cidade. Ao que me consta, *A solidão* teria sido seu único livro. Entusiasmado com a primeira leitura da obra, muitos anos atrás, cheguei a contatá-lo por telefone

---

[1] Saramago faleceu em 2010, oito anos após a elaboração deste ensaio.

com objetivo jornalístico. Minha ideia era produzir um perfil, como chamamos no jargão da profissão uma espécie de minibiografia seletiva que vai mais fundo do que uma simples reportagem. Gomes não pôde me receber, naquele momento, por problemas de saúde. Meu projeto teve de ser adiado. No entanto, não muito depois, fiquei sabendo de sua morte. Vi apenas uma foto sua, que guardo comigo: trata-se de uma fotocópia pouco nítida em que ele aparece pensativo, com olhos cerrados, a mão no queixo.

Nada mais.

Eis aí o primeiro contraste entre esses dois autores: a notoriedade. Opostos quanto ao grau de publicidade, os dois livros que comparo se equivalem em qualidade literária. Não estaríamos exagerando se os qualificássemos como duas obras-primas – uma sob a luz dos refletores, outra na obscuridade. Além do mais, constituem dois bons exemplos do gênero hoje chamado metaficção historiográfica – lacunas da História relidas livremente e com inserções ficcionais.

Quando nos debruçamos sobre os livros de Saramago e Gomes, com o propósito de estabelecer um contraponto, seus laços de parentesco saltam aos olhos. Tanto que acabei cedendo à tentação – não apenas recreativa – de fazer uma mistura de palavras com seus títulos. Obtive assim algo que não deixa de ser ficção dentro da ficção, ou seja, *História do cerco de Assunção* e *A solidão segundo Raimundo Silva*. Para além do mero divertimento, essa molecagem me permitiu constatar, admirado, que esses dois títulos hipotéticos se ajustariam com perfeição ao conteúdo das histórias.

Ambos os escritores, Saramago e Gomes, colocam personagens ficcionais em convivência direta com figuras verídicas, aproveitando brechas e imprecisões existentes nas páginas da História. Saramago fala do cerco movido pelos cristãos a uma Lisboa em poder dos mouros, na Idade Média, cuja reconquista lançaria as bases para o surgimento de Portugal – um dos menores e mais periféricos países da Europa, mas que teria, na época das navegações, como sabemos, enorme influência na história do mundo. Gomes ocupa-se da guerra movida contra o Paraguai pelos países da Tríplice Aliança, sob o patrocínio do capital inglês, em meados do século XIX. O resultado foi o aniquilamento quase total desse país mediterrâneo (uma espécie de cerco, portanto) e diminuto como Portugal, para os padrões da América do Sul, mas que, na época, chegou a ser o mais desenvolvido do continente, sob o tacão de um ditador que ousara empinar o nariz e mandar uma banana para o império britânico.

Ao lermos os dois livros, o *Cerco* e a *Solidão*, ficamos com vontade de fazer justiça. Como? Ora, mandando um Nobel *post-mortem* para esse solitário Gomes, esteja ele onde estiver. Não compreendo como um autor de tal qualidade possa ter caído no esquecimento. Se Raduan Nassar mantém um lugar honroso dentro da literatura brasileira, com pouquíssimos livros publicados, provando assim que quantidade não é documento, o mesmo critério de parcimônia e excelência caberia como uma luva ao autor de *A solidão segundo Solano López*, cujo título até parece metáfora da obscuridade do próprio autor.

Feitas essas considerações mais gerais, em que espero merecer desculpas por algum excesso de entusiasmo, passo aos tópicos comparativos. Tentarei detectar vasos comunicantes entre as duas obras – ou criá-los, se necessário, já que estamos nos domínios da metaficção e ela apressa-se a ocupar todos os vazios, como o ar que respiramos.

FACÇÕES EM LUTA

AMBOS OS LIVROS TÊM A GUERRA COMO PANO DE FUNDO e mola propulsora da ação. As personagens movem-se em função de uma ruptura iminente e sangrenta.

Os dois autores, Gomes e Saramago, apresentam as facções em luta com pronunciado sentido de equanimidade. Mesmo sendo brasileiro, Gomes retrata a guerra, do ponto de vista paraguaio, com grande detalhamento, e escapa habilmente de qualquer tipo de clichê. O mesmo procedimento é adotado por Saramago. Ele pertence, é claro, ao caldo cultural lusitano. Consciente disso, se esforça ao máximo, como Gomes, para explorar o "outro lado" (no seu caso, os mouros) sem preconceitos.

Para usar uma expressão popular, podemos dizer que Gomes e Saramago *vestem a camisa*, respectivamente, de paraguaios e mouros quando falam sobre eles em seus textos. Não é pouca coisa. Essa postura valoriza os dois livros como criativas dissonâncias dentro da literatura em língua portuguesa, em que, não raro, o ufanismo raso recebe disfarces sofisticados.

ATITUDE

O BOM TEXTO DE FICÇÃO HISTORIOGRÁFICA DEPENDE, em grande parte, de uma hábil interação entre a base histórica e a história inventada. Poderíamos compará-lo a um primoroso *cappuccino*, no qual não sabemos até onde vão os sabores do café e do leite – o que estamos sorvendo, na verdade, é uma terceira coisa, espumante e personalíssima.

Nesse ponto, Gomes e Saramago têm atitudes opostas. O brasileiro faz um trabalho de perfeita incrustação ficcional sobre a base histórica. Em nenhum momento temos uma sensação de prótese. Ao contrário, o texto nos convence de que "foi assim" e ponto final. Depois de lermos o livro de Gomes, a Guerra do Paraguai jamais voltará a ser, para nós, aquele conhecimento tolo e simplista que um dia, na escola, nos foi empurrado goela abaixo.

Aliás, não é de hoje que a figura do paraguaio Francisco Solano López tem sido satanizada no Brasil. Em uma página do jornal *O Comercial*, da cidade de Rio Grande (RS), na edição do dia 17 de julho de 1865, podemos ler uma notícia que retrata bem o espírito da época. O conflito contra o Paraguai estava em curso. Mas a cidade portuária, em festa, recebeu a visita de Dom Pedro II, então com 39 anos de idade, que acabara de desembarcar vindo do Rio de Janeiro com sua comitiva e preparava-se para tomar o rumo da fronteiriça Uruguaiana, à margem do Rio Uruguai, para dali acompanhar de perto as operações de guerra.

Segundo o jornal rio-grandino, em uma recepção ao imperador ocorrida na noite anterior, um advogado local de sobrenome Francione inflamou-se contra o inimigo e, em seu discurso diante do monarca brasileiro, qualificou Solano López como um "vil e asqueroso gaúcho paraguaio". A frase hoje nos soa incongruente. Deve-se considerar, no entanto, que, naquela época, a palavra *gaúcho* indicava algo equivalente a bandoleiro, um homem de vida errante, desregrada, fora da lei, não muito diferente do que seria, mais tarde, um cangaceiro no Nordeste.

O romantismo nacionalista do século XIX se encarregou de dar um banho de *glamour* nesses tipos brasileiros até então menosprezados. A exemplo do índio, do africano e do sertanejo, o gaúcho ganhou *status* de cavaleiro indômito, pronto para a luta. Criava-se assim o pano de fundo para o estereótipo de bravura que logo se aplicaria aos nativos do Rio Grande do Sul como um todo. Houve, portanto, uma releitura cultural. Mas ninguém ousou, em momento algum, tomar iniciativa semelhante em relação à figura do líder paraguaio que lutou contra o Brasil. Cem anos depois da visita de Dom Pedro II à cidade de Rio Grande, na década de 1960, quando eu lá cursava o ginasial, os livros e os professores de História ainda falavam de Solano López em um tom predatório muito semelhante ao que o doutor Francione usou diante do imperador, talvez um pouco para bajular o monarca. A ideia que inculcavam nos alunos sobre López era a de um ser execrável, o maior dos pilantras, que concentrava em si a soma dos atributos dos irmãos Metralha.

No livro de Gomes, nada disso acontece. Ele derruba um clichê antigo, mas sem romantismo, sem colocar outro clichê no lugar, como fizeram com o gaúcho. Nas páginas de *A solidão*, a figura de Solano López desponta com forte conteúdo humano, rica das obsessões e contradições que existem dentro de cada um de nós. Nunca saberemos até onde Gomes pesquisou ou inventou, em seu saboroso *cappuccino*. Aliás, segundo minha experiência, eu diria que o autor tampouco está em condições de separar, *a posteriori*, os ingredientes que usou para conceber a obra, fato que não o desmerece, até pelo contrário, pode ser um indício de que realizou bem o seu trabalho. Na leitura, não se percebe o encaixe entre ficção e realidade.

    Saramago, por sua vez, adota outro caminho. Ele praticamente nos avisa, o tempo inteiro, que está inventando fatos para preencher zonas nebulosas da História oficial – e convida o leitor a participar dessa invenção. Propõe um pacto, o que é sempre um risco. Um escritor menos hábil, ao adotar tal postura, poderia causar uma lambança. Saramago, matreiro, faz do risco um fator de sedução. É como os arquitetos contemporâneos que, a certa altura, em vez de esconderem os canos e as tubulações dos prédios, decidem explorar seu potencial estético incorporando-os à parte visível da obra, exigindo assim a cumplicidade das pessoas. Como se dissessem: "Vejam, por aqui passa a água, ali a eletricidade. Olhem lá, atrás do vidro, fica a engrenagem do elevador. Tudo isso existe, é necessário. Não se iludam com esses acabamentos que ocultam os fios e encanamentos". Saramago trabalha assim. Inventa e assume que inventa. Aí reside parte do fascínio que seus textos reservam aos leitores.

    Mas atenção: devemos nos prevenir contra a leviandade de valorizar uma postura sobre a outra. Tanto a habilidade de Gomes (na fusão, que produz uma obra sem frestas) quanto a de Saramago (na fissão, que produz uma obra transparente, em que reconhecemos o joio e o trigo) são atributos raros, louváveis. Identificam autores de primeira grandeza.

Como já sabemos, duas décadas separam a publicação dos dois livros. Se fossem contemporâneos, talvez o contraste de procedimentos (fusão e fissão) dos autores nem fosse tão acentuado como de fato é. Essas atitudes parecem estar no ar, em todas as épocas, e mesmo os artistas mais originais, em alguma medida, acabam por incorporar tais padrões ao próprio estilo.

LINGUAGEM

Gomes se revela mais versátil, porém menos inventivo. Vejamos. Ao longo da narrativa, ele adota diferentes estilos de escrita, conforme a natureza da cena – seja de luta, sexo ou reflexão. Sua linguagem pode ser contida em certo ponto e derramada mais adiante, mas sempre direta, fácil, propulsiva. Não dá vontade de largar o livro. A divisão da narrativa em blocos, separados por espaços em branco, acentua esses contrastes de linguagem e renova o fôlego do leitor. Gomes utiliza com eficiência os recursos da narrativa moderna, desenvolvidos ao longo da segunda metade século XX.

Saramago é a própria antítese de Gomes, com seu dito barroquismo, que em certos trechos pode ser ao mesmo tempo encantador e cansativo. As recorrentes inversões sintáticas, próprias do português lusitano, mas exacerbadas pela exuberância do estilo, potencializam seus recursos expressivos. O resultado é um texto personalíssimo do qual um fragmento qualquer, tirado ao acaso para biópsia, seria capaz de revelar a autoria, que é como uma grife literária.

Do ponto de vista da linguagem, Saramago é mais inventivo do que Gomes. Apresenta um tipo de texto que abriga muito bem as reflexões filosóficas do autor, despidas de qualquer ranço. Aí está, a meu ver, o ponto alto de Saramago. Gomes, no entanto, leva vantagem expressiva nas cenas que envolvem violência, sexo e humor – as paixões mundanas, enfim. Sua versatilidade na escrita permite rápidas modulações, da sintaxe ao vocabulário, adequando-a ao conteúdo narrado. Já o personalíssimo Saramago parece, por vezes, ficar travado ou enredado nos meandros do estilo que esculpiu para si próprio, justamente aquele que o diferencia dos demais autores.

Para além de escrituras tão diferentes, no entanto, parece haver semelhanças de protocolo. Refiro-me a certa maneira de inserir as personagens no tecido histórico; de estabelecer canais pelos quais elas vão interagir com o ambiente; um modo de o criador observar a sua criatura tentando cumprir o seu destino na história. Gomes e Saramago são, ambos, autores com um olhar trágico. Cabe notar que as palavras *cerco* e *solidão*, usadas nos títulos das obras, têm lá as suas semelhanças de tom.

UNIVERSALIDADE

O CONCEITO É AMBÍGUO E TRAIÇOEIRO. UMA OBRA HOJE vislumbrada como perene pode ser esquecida pelas gerações seguintes. Vemos as coisas pelo filtro da nossa época, não podemos fugir disso. Feita a ressalva, nem que seja só para fixar um critério, cumpre procurar nas obras elementos substantivos em meio aos circunstanciais.

O *Cerco*, à primeira vista, tem todos os ingredientes de permanência. As dores e os dilemas do protagonista – o revisor Raimundo Silva, que comete uma temeridade (alterar a versão aceita da História portuguesa pela inserção de uma palavra espúria) e tem de pagar o preço de sua ousadia – são as mesmas dores e dilemas de qualquer um de nós, diante das escolhas do dia a dia que podem selar a nossa sorte. Saramago os expõe com maestria. Um hindu ou um chinês poderiam entendê-lo, num texto bem traduzido. Eis aí uma obra universal, diríamos. Dá notícias da essência do homem, atemporal, mas que só se expressa dentro de sua circunstância.

A *Solidão*, de Gomes, está no mesmo plano literário. O Solano López que ele nos apresenta, lutando até o fim contra uma Aliança tríplice e hipócrita, é uma figura quase mítica do homem que quer (como Raimundo Silva, ao subverter o texto) mudar o rumo da história do seu país. Ambos são movidos por uma força que não são capazes de compreender bem, mas à qual obedecem como a um imperativo do destino.

Ninguém sabe se o livro de Saramago será lido em 2050. Espero que sim. Ninguém sabe se, até lá, o livro de Gomes será redescoberto por algum editor. Espero que sim.

ENSAÍSMO

UMA DAS CARACTERÍSTICAS MARCANTES DE ALGUNS narradores contemporâneos (por exemplo, o holandês Cees Nooteboom, a indiana Arundhati Roy, o tcheco Milan Kundera, o brasileiro Isaias Pessotti) é o forte caráter ensaístico de seus romances. O texto é permeado por reflexões assumidas sem receio pelo narrador, sem necessidade de atribuí-las a esta ou aquela personagem. Para conseguir isso, cada autor cria seus próprios mecanismos.

O caráter ensaístico dos romances atuais parece dividir opiniões de maneira radical. Alguns se deliciam com tais digressões – e devo admitir que, como leitor, tendo a me situar nesse primeiro grupo. Outros se chateiam ao extremo com elas, preferindo textos em que a ação é mais volumosa e corre mais rápida, como nas grandes avenidas, sem derivações por vielas escuras, nem sempre pavimentadas, que podem levar a um beco sem saída.

O digressivo Saramago, mesmo alçado ao panteão da língua portuguesa, é às vezes execrado à boca pequena. E não por capadócios, o que seria lógico, mas por pessoas de bom nível cultural e intelectual que não têm coragem de contestar seu prestígio. No entanto, não hesitariam em fazer isso, de forma impiedosa, com um autor esquecido pela mídia cultural, como é o caso de Gomes.

Não cabe aqui discutir quanto as digressões do autor ou esses traços ensaísticos empobrecem ou enriquecem a literatura atual. O que nos interessa, isto sim, é ver quanto e de que modo nossos dois autores em foco, Saramago e Gomes, correspondem a essa tendência.

O autor português dá informações históricas, trabalha dados, tira conclusões, às vezes porta-se como um mestre de cerimônias ou um guia turístico nos conduzindo pelos cenários que expõe. Trata-se de um mestre, ao qual se dá o beneplácito das manias em troco da profundidade da sua experiência de vida. Seu forte não é o lado expositivo, mas o interpretativo, embora os dois estejam presentes em seus livros.

Saramago dá informações para poder dizer o que pensa sobre elas. E assim produz verdadeiros ensaios, incrustados em todos os seus livros e, sobretudo, no *Cerco*. Ele próprio chegou a admitir, em entrevista, que, em seus projetos de romance, há uma espécie de tese que precede a história, sendo esta moldada para ilustrar o que ele pretende transmitir no plano das ideias.

Gomes é menos ensaístico. Parece empenhado em conter as digressões em favor da fluidez do texto. O metafísico, nele, não é tão extremado quanto em Saramago, embora exista em dosagens menores. Em compensação, Gomes nos oferece uma massa de informações históricas, bélicas e até mesmo médicas sobre a Guerra do Paraguai que em nenhum momento nos aborrece, tal o grau de conexão ao enredo do romance. Nada tem a ver com o tipo de dados que encontramos em almanaques ou livros de História. São informações que nos surpreendem pela qualidade e pertinência. Como Tolstoi fez com maestria, em outros tempos, Gomes nos leva para dentro da guerra, retratando seus aromas e misérias. Saramago, ao escrever sobre o cerco de Lisboa, alimenta mais o nosso senso estético e o nosso intelecto do que os nossos sentidos. Ficamos sabendo tudo sobre o evento histórico português, com prazer, mas (digamos assim) sem sair de casa. Já com Gomes, sentimo-nos quase como participantes da Guerra do Paraguai, pisando na lama. Não é um ensaio. É uma carnificina.

EXTENSÃO

O *Cerco* tem 348 páginas. A *Solidão*, 247. Com uma simples regra de três, verificamos que o primeiro romance seria, em princípio (pois não estamos considerando outros parâmetros gráficos), algo como 29% maior que o segundo. Porém, a *sensação de leitura* nos diz que o livro de Saramago é umas cinco vezes maior que o de Gomes.

Alguém poderia chamar isso de *densidade*. Bem, não é o mesmo que profundidade ou beleza, atributos mais próprios de um grande livro. Mas talvez sirva para explicar algo sobre eles.

Se *densidade* é uma qualidade enganosa, também o seria a noção de *extensão*, em relação a um livro, até porque raramente o lemos em uma assentada, assim como vemos um filme. No entanto, qualquer pessoa tem noção de que há e deve haver uma medida adequada para as coisas, ainda que se trate de algo mais sensorial do que quantitativo. O que um texto nos diz tem de estar em consonância com aquilo que ocupa em termos de espaço e nos solicita em tempo de leitura.

O *Cerco* é um grande livro? Sem dúvida. Mas temos a sensação de que é também um livro grande, o que equivale a um gol contra em termos de convite à leitura. Podia muito bem ser menor (digamos, naqueles mesmos 29%) sem prejuízo de qualidade e conteúdo. Talvez até com ganhos.

UM SÁBADO QUE NÃO EXISTIU

A *Solidão* é um grande livro? Certamente. Podia ser menor? Não. É um texto adequado de forma magistral ao seu número de páginas – não sobra nem falta. Quem já se viu envolvido com a elaboração de uma narrativa sabe muito bem quanto é difícil obter esse ajuste. Mesmo um escritor profissional pode ter dificuldade na hora de cortar a própria carne.

Pedimos licença ao maestro Saramago para nos perguntarmos – sem a sanha de censores, apenas como exercício de imaginação – onde estariam esses tais 29% supostamente descartáveis em seu livro, sem prejuízo da eficiência do cerco de Lisboa.

Pausa para um cafezinho. Balcão de bar. Penso que Saramago tem algo de Rivaldo, o camisa 10 da seleção brasileira de futebol. Vejamos como. Não podemos negar a este último a condição de craque, capaz de a qualquer momento criar soluções inesperadas em seu ofício. No entanto, às vezes se critica o hábil Rivaldo por sua tendência em prender a bola ao fazer firulas em demasia, retardando o ataque, em situações nas quais seria melhor tocar de primeira em vez de "carimbar todas as vias do documento", como metaforizou o cronista Luis Fernando Verissimo.

Algo semelhante poderia ser dito em relação a Saramago. Suas digressões, como as firulas de Rivaldo, são geralmente brilhantes – e isso marca a diferença entre um bom livro e um grande livro. Mas às vezes cansam um pouco, truncam o ritmo do texto, e a história (um romance tem história, não nos esqueçamos) fica suspensa por tanto tempo que temos preguiça de retomá-la, quando chega o momento. Mesmo assim, não pulamos as digressões, pois elas têm o selo de Saramago. Se pularmos dez linhas, poderemos perder uma pérola literária.

Voltamos do cafezinho. A rigor, não temos o direito de especular sobre uma arbitrária supressão dos trechos que consideramos digressões dentro do corpo de um grande texto, como é o caso do *Cerco*, a não ser, é claro, de nossa parte, como um segundo exercício. O livro é o livro, e pronto. Se o aspecto da justa extensão ganha relevância, é apenas por tratar-se aqui de uma operação comparativa. Temos a sensação de que no *Cerco* sobra algo ao constatarmos que o outro polo do contraponto, a *Solidão*, tem a rara virtude de ser um texto na medida certa. Gomes administra com maestria o andamento da história. Serve o jantar à francesa. Saramago é exuberante como uma churrascaria rodízio. As carnes são de primeiríssima, convenhamos, mas depois o sujeito sai de lá se arrastando.

FOCO NARRATIVO

EIS A PEDRA ANGULAR DA LITERATURA. NÃO HÁ COMO negar a influência decisiva do foco narrativo sobre os demais atributos de uma obra literária, até mesmo sobre o próprio enredo. Se nos permitirmos tomar emprestado de Louis Armstrong o que ele afirmou certa vez em relação ao *jazz*, podemos dizer que o que define um texto contemporâneo já não é tanto o *que*, como no passado, mas o *como*.

Nesse ponto, a maestria e a originalidade de Saramago sobressaem. De um ponto de vista estritamente técnico, ele usa um narrador convencional, na terceira pessoa. Mas quem está interessado em coisas técnicas, quando se fala em literatura? O que vale é que Saramago cria cromatismos, variações e nuances de tal modo que seu foco narrativo passa a ser o de uma falsa terceira pessoa, se assim podemos dizer.

Façamos uma comparação para deixar essa ideia mais clara. Vamos imaginar o texto como um documentário projetado na tela, e o conjunto de leitores, como o público no cinema. O narrador clássico, em terceira pessoa, seria como uma voz em *off* que acompanha as imagens. Algo como o coro no teatro grego. Saramago usa esse recurso de modo formidável, porém, às vezes, seu narrador surge como uma pessoa da própria plateia, que se levanta e continua descrevendo as imagens. É uma entidade diferenciada, mas ainda assim "um dos nossos". Valendo-se dessa proximidade, e muitas vezes chegando inclusive a usar o pronome "nós", ele consegue envolver o leitor e introduzir comentários que enriquecem o texto e permitem a plena realização de um estilo narrativo. Trata-se de um achado, sem dúvida. Com isso, Saramago pode dizer o que quer, a qualquer momento, sem sujeitar-se aos limites convencionais da terceira pessoa.

Ele usufrui das prerrogativas da onisciência, mas não se submete ao compromisso descritivo nem à enganosa neutralidade do discurso indireto. Pode-se dizer, em suma, que Saramago criou e registrou em cartório um foco narrativo para uso próprio.

Não é o caso de Gomes. Ele utiliza o padrão narrativo convencional, em terceira pessoa. Explora seu potencial de forma brilhante, mas sem quebrar o protocolo. No início do livro, antes de começar o enredo, ao transmitir informações históricas em seu "Prólogo necessário mas nada romanesco sobre águas turvas no Rio da Prata", ele já estabelece as bases em que vai conversar com o leitor ao longo de todo o texto. E assim vai. Gomes é aquele narrador em *off* cuja misteriosa voz nos chega pelos alto-falantes do cinema. Confiamos nele, mas nunca o vemos. Em nada se assemelha a esse Saramago que, por vezes, aparece de súbito entre nós, no meio da plateia.

Porém, Gomes não suporta o peso da onisciência da terceira pessoa, que também funciona de forma limitadora. Precisa dar o seu recado, como Saramago. E o faz de modo engenhoso. Ao longo do romance, semeia blocos de texto que trazem no início uma indicação em itálico e entre parênteses, assim: (*Das Reminiscências de Andrés Mongelos*).

UM SÁBADO QUE NÃO EXISTIU

Andrés Mongelos é uma personagem quase anódina, que pouco faz senão ouvir as confidências dos que estão em primeiro plano, como o próprio Solano López e sua esposa, Madame Lynch, e um de seus homens de confiança, Bernardino Caballero. Entretanto, esses pequenos textos atribuídos a Mongelos ganham relevância porque oferecem uma perspectiva posterior em relação ao tempo da ambientação do romance, que é o da Guerra do Paraguai. Na forma de relatos distanciados, contendo reflexões depuradas sobre o que aconteceu numa época consumada, esses blocos dialogam com a história que está sendo contada e expandem seu significado. Funcionam, até certo ponto, como o contraponto estabelecido por Saramago entre a linha narrativa fincada no presente (o tempo de Raimundo Silva) e a outra, medieval, que se desenvolve durante o cerco de Lisboa. Podemos pressentir a voz do próprio Gomes por trás de Mongelos, assim como é a de Saramago que dá vida a esse *nós* do narrador que se levanta no meio da plateia.

Ambos os recursos funcionam bem. Gomes, mais convencional, está muito além do feijão com arroz. Seu livro sobressai. Pode ser lido a qualquer tempo por quem busca beleza e consistência em uma narrativa romanesca. E o foco narrativo de Saramago é um recurso genuíno, inventivo, que não por acaso desperta amores e ódios, como é comum nos artistas geniais.

JULGAMENTO

Quando se lida com a metaficção historiográfica, não é demais tomar certos cuidados que poderíamos chamar de éticos, em falta de melhor palavra. Sobretudo nos casos em que se utilizam nomes reais. Por mais que o texto tenha de prescindir do rigor documental em favor da liberdade criativa, deve-se levar em conta que, de algum modo, influenciará futuras leituras dos acontecimentos tratados.

Isso vale, sem dúvida, para o *Cerco*, livro de ampla circulação internacional, assinado por alguém que se tornou uma celebridade no mundo da cultura. Mas deve valer também para a *Solidão*, apesar do ostracismo do autor. Sendo uma obra bem realizada, pode dar a impressão de tratar-se da palavra final sobre as pessoas envolvidas num fato histórico.

Gomes mostra todo o seu talento na abordagem da figura de López. Expõe, como já foi dito, as forças antagônicas que animam a trajetória do ser humano. Com Caxias, já não vai tão longe. Fala de seus dilemas, mas não de suas fraquezas. O comandante responsável pela vitória brasileira na Guerra do Paraguai dá a impressão de ter sido um pouco mitificado no livro. Embora suas virtudes sejam bem apoiadas em fatos e argumentos, aparece um pouco como se fosse "o mocinho do filme", para usar uma expressão típica dos apreciadores dos velhos filmes de bangue-bangue.

De outra parte, Gomes achincalha outras figuras históricas. Dom Pedro II, por exemplo, é mostrado como um monarca elitista, desconectado da realidade. Já o genro francês do imperador brasileiro, o nobre Gastão de Orléans, mais conhecido como Conde d'Eu, que apenas concluiu a guerra já vencida por Caxias, é retratado como um paspalho. Pode-se admitir que o imperador brasileiro tenha se conduzido politicamente mal nesse episódio da Guerra do Paraguai, mas não ignoramos que era um homem de qualidades. Gomes não as reconhece. Trata-o de modo implacável.

O julgamento sumário de personagens secundárias, aquelas denominadas *planas* por E. M. Forster, surge como o único ponto de deslustre na obra de Gomes. Mas não chega a pesar no todo. Saramago, de sua parte, mostra-se mais cuidadoso com a arraia-miúda da trama, dedicando aos meros figurantes um olhar mais generoso, embora breve. Não usa o romance para justiçar pessoas de outra época, que viveram em outra circunstância.

De qualquer modo, ao nos lançarmos à leitura desses dois livros, precisamos levar em conta, de nossa parte, um provável desnível de informação prévia. Não estamos habituados a conviver com essas figuras portuguesas medievais que aparecem no *Cerco*, enquanto os ilustres brasileiros do século XIX retratados na *Solidão*, que dão nomes às ruas em nossas cidades, já os conhecemos não apenas das aulas de História, mas também de uma profusão de livros, filmes e revistas. Por ignorância, corremos o risco de achar que Saramago foi mais isento, justiçando Gomes de modo sumário, assim como ele próprio faz com Pedro II. Foi um risco calculado, de qualquer forma. Pois até que ponto a metaficção historiográfica deve ou não *fazer justiça* a personagens reais parece-me um tema vasto, apaixonante, que demandaria outro estudo.

CONCLUSÃO

OS TÓPICOS ANTERIORES, EMBORA NÃO CORRESPONDAM necessariamente aos métodos acadêmicos de análise, procuram dar um panorama variado das duas obras – em que ponto se assemelham ou divergem. São fruto, sobretudo, de minha experiência no ramo, como leitor e como praticante da metaficção historiográfica, mesmo antes de conhecer tal denominação, em vários de meus livros.

Sempre fui e continuo sendo um admirador de Saramago. Considero-o um autor tão abrangente e profundo quanto o fora Thomas Mann, algumas décadas antes, ao retratar os dramas da nossa época. Porém, pergunto-me quantos excelentes escritores, do quilate de Gomes, devem existir por aí, sem que saibamos de sua existência e de sua obra.

Se alguém me perguntasse qual dos dois livros é melhor levar para uma ilha deserta, como última leitura, o *Cerco* ou

UM SÁBADO QUE NÃO EXISTIU

a *Solidão*, eu ficaria em dúvida. Se recomendasse o primeiro, o de Saramago, seria um pouco por força do hábito ou talvez para facilitar a vida dessa outra pessoa que se afasta do mundo. Mesmo nos melhores sebos de São Paulo é difícil encontrar o livro de Gomes. Uma pena. Sem ele, a história da Guerra do Paraguai continua sendo parecida com o discurso que o advogado da cidade de Rio Grande fez, no inverno de 1865, para agradar ao imperador.

COTIA, JULHO DE 2002.

REFERÊNCIAS

ARBASINO, A. *Trans-Pacific Express*. Milano: Garzanti Editore, 1981.
BAKHTIN, M. *Marxismo e filosofia da linguagem*. 7. ed. São Paulo: Hucitec, 1995.
BENJAMIN, W. *Magia e técnica, arte e política*. São Paulo: Brasiliense, 1994. v. 1.
BORGES, J. L. *Sete noites*. São Paulo: Max Limonad, 1983.
_____. *Atlas*. Buenos Aires: Sudamericana, 1984.
CALVINO, I. *Eremita em Paris – páginas autobiográficas*. São Paulo: Companhia das Letras, 2006.
CAMPBELL, T; MOYERS, B. *O poder do mito*. São Paulo: Palas Athena, 1990.
CAMUS, A. *Diário de viagem*. Rio de Janeiro: Record, 2004.
CANETTI, E. *As vozes de Marrakech*. São Paulo: Cosac Naify, 2006.
CHATWIN, B. *Na Patagônia*. São Paulo: Companhia das Letras, 2006.
COLERIDGE, S. T. *Biographia literaria*. Edimburgh: Edimburgh University Press, 2014.
CORTÁZAR, J.; DUNLOP, C. *Los autonautas de la cosmopista – o un viaje atemporal París-Marsella*. Buenos Aires: Muchnik Editores, 1983.
DANTE, A. *A divina comédia*. 5. ed. Belo Horizonte: Editora Itatiaia, 1989. 2. v.
DISRAELI, B. *Vivian Grey*. La Vergne, Tennessee: Lightning Source, 2007.
ECO, U. *Seis passeios pelos bosques da ficção*. São Paulo: Companhia das Letras, 1999.
FERNANDES, M. *Hai-kais*. Porto Alegre: L&PM, 1997. p. 7.

GOETHE, J. W. von. *Divan occidentale-orientale.* Milano: Mondadori, 1997. v. III.

_____. *Viagem à Itália* (1786-1788). São Paulo: Companhia das Letras, 1999.

GOMES, C. de O. *A solidão segundo Solano López.* Rio de Janeiro: Civilização Brasileira, 1980.

HEMINGWAY, E. *Paris é uma festa.* Rio de Janeiro: Civilização Brasileira, 1978.

HERZOG, W. *Caminhando no gelo.* São Paulo: Paz e Terra, 2005.

HUTCHEON, L. *Poética do pós-modernismo.* Rio de Janeiro: Imago, 1991.

JAMES, W. *Principi di Psicologia.* Milano: Principato Editore, 2004.

JOYCE, J. *Ulisses.* Tradução Antônio Houaiss. São Paulo: Editora Abril, 1980.

JUNG, C.; WILHELM, R. *O segredo da flor de ouro – um livro de vida chinês.* Petrópolis: Vozes, 1984.

LABORDETA, J. A. *Un país en la mochila.* Madrid: Libertarias-Prodhufi, 1995.

LE CORBUSIER. *A viagem do Oriente.* São Paulo: Cosac Naify, 2007.

LEONELLI, L. *Siberia per due.* Milano: Feltrinelli, 2004.

LIMA, E. P. *Páginas ampliadas – o livro-reportagem como extensão do jornalismo e da literatura.* Campinas: Editora da Unicamp, 1993.

LINS, O. *Marinheiro de primeira viagem.* São Paulo: Summus, 1980.

MILLER, H. *O colosso de Marússia.* Porto Alegre: L&PM, 1983.

MODERNELL, R. *Em trânsito – um ensaio sobre narrativas de viagem.* São Paulo: Editora Mackenzie, 2011.

NITRINI, S. (Org.). *Aquém e além mar.* São Paulo: Hucitec, 2000.

NOOTEBOOM, C. *Caminhos para Santiago.* Rio de Janeiro: Nova Fronteira, 2000.

POLO, M. *As viagens "Il milione".* São Paulo: Clube do Livro, 1989.

PRIGOGINE, I. *La nascita del tempo.* Milano: Bompiani, 1992. p. 78.

REVISTA TERRA. São Paulo: Editora Peixes, 2003.

RIBEIRO, J. H.; MARÃO, J. C. *Realidade re-vista.* Santos: Realejo Edições, 2010.

ROSA, J. G. *Grande sertão: veredas.* 15. ed. Rio de Janeiro: José Olympio, 1982.

REFERÊNCIAS

SARAMAGO, J. *História do cerco de Lisboa*. São Paulo: Companhia das Letras, 2000.

TERZANI, T. *Un indovino mi disse*. Milano: Longanesi, 1995.

THEROUX, P. *O grande bazar ferroviário – de trem pela Ásia*. Rio de Janeiro: Objetiva, 2004.

TOSCHES, N. *A última casa de ópio*. São Paulo: Conrad, 2006.

TOYNBEE, A.; IKEDA, D. *Escolha a vida – um diálogo sobre o futuro*. Rio de Janeiro: Record, 1976.

VERNE, J. *A volta ao mundo em oitenta dias*. Rio de Janeiro: Ediouro, 2004.

VOGLER, C. *A jornada do escritor – estruturas míticas para contadores de histórias e roteiristas*. Rio de Janeiro: Ampersand, 1997.

ÍNDICE

1968, ano de 21, 72, 73, 74

A

A divina comédia 93, 105, 137
A solidão segundo Solano López 15, 113, 116, 138,
A última casa de ópio 104, 139
A viagem do Oriente 100, 138
A volta ao mundo em oitenta dias 98, 139
As viagens de Marco Polo ("Il Milione") 93
As vozes de Marrakech 101, 137
aceitação da mestiçagem 95
agnóstico 90
anarquista 61, 75, 90
andamento da história 129
Andrade, Oswald de 101
Arbasino, Alberto 104
Armstrong, Louis 95, 130
Assis, Machado de 33
Associação Internacional de Cibernética 68
avenida 28, 64, 125
    São João 81
    São Luís 24

B

bairro 62, 82, 107, 113
    da Consolação 60
    de Santa Efigênia 62
Bakhtin, Mikhail Mikhailovich 41, 42, 45, 137
bakthiniano 41
Bandeira, Manuel 101
barroquismo 121
Baudelaire, Charles 26, 32
Beatles 47
Beethoven 19
Benjamin, Walter 97, 137
Biblioteca Mário de Andrade 24
Bienal de Artes 80
Borges, Jorge Luis 51, 53, 137
Bossa Nova 13, 33
Braga, Rubem 34
Brodsky, Joseph 32
Buda 50
budismo 49, 50-56

C

Calvino, Italo 102, 137
Caminhando no gelo 102, 138
Campbell, Joseph 47
Camus, Albert 101, 137
Canetti, Elias 101, 137
caráter ensaístico 124
Caxias, Duque de 133, 134,
Cazaquistão 41, 45
Cerco de Lisboa 114-115, 123, 126, 127, 128, 129, 132, 133, 134, 135
Chatwin, Bruce 103, 137
chronos 29, 30, 31, 35, 39
Cibernética 67, 68, 70, 72, 80, 81, 84
Ciências da Comunicação 84
Coleridge, Samuel Taylor 108, 137

ÍNDICE

Conceição do Mato Dentro 24-29, 36, 37, 39
Conde d'Eu 134
Cortázar e Carol 106
Cortázar, Julio 103, 137
cortes transversais irrealistas 48
cristianismo 50
crônica 13, 27-35, 37-39, 63, 110

D-E
Dante Alighieri 93, 98, 110
de Gaulle, Charles 26
densidade 127
Descartes, René, 111
dialogismo 41
"Diário americano" 102
Diário de viagem 101, 137
Disraeli, Benjamin 109, 137
ditadura 21, 23, 60, 73-75
Dom Pedro II 118, 119, 134
Drummond de Andrade, Carlos 34
Dunlop, Carol 103, 137
Eco, Umberto 85, 137
Einstein, Albert 13, 14, 29, 43, 44, 48, 56
Em trânsito 108, 138
Escola Politécnica 64
estrada de Damasco 105
estrutura lacunar 36
ética 52-54
Ex Oriente lux 14, 46, 47, 56
Expresso do Oriente 103

F
fatores de fabulação 108, 110
Faulkner, William 26
ficção historiográfica 117
filosofia zen 78
Finlândia 13, 21

fissão 120, 121
flexibilidade 50, 54
Flusser, Vilém 69, 70, 72, 74, 75
foco narrativo 97, 98, 129, 130-132
flutuante 22
Forster, E. M. 134
Freud 100
Fundamentos Científicos da Comunicação 77
fusão 36, 120, 121

G-H
Galeria Metrópole 24
García Márquez, Gabriel 94
gaúcho 113, 118, 119
Gelman, Jacob 59-81
Goethe 99, 137
Gomes e Saramago 15, 112, 116, 117, 122
Gomes, Carlos de Oliveira 16, 113--127, 129, 131-136, 138
Gonçalves, Ricardo Mário 51
Grand Tour 100
Grande sertão: veredas 69, 138
Guerra do Paraguai 118, 126, 132--134, 136
Hemingway, Ernest 101, 138
hemisfério direito, 56
hemisfério esquerdo, 56
Herzog, Werner 102, 138
Hesse, Herman 47
hinduísmo 50
História do cerco de Lisboa 15, 113, 139
Homero e Virgilio Exposito 44
Hutcheon, Linda 94, 138

I-J
I Ching 47

imersão 37, 97, 98
imprensa 22, 24, 27, 29, 32, 37, 38, 94
James, William 29, 138
jazz 39, 95, 96, 130
João do Rio 34
Jobim, Tom 34
Jogral 24, 27
jornalismo literário 94-99, 104
Joyce, James 35, 138
Jung, Carl 13, 14, 41-44, 47, 100, 138
Juqueri, sanatório psiquiátrico do 82

K-L
kairós 29, 30, 31, 35, 39
Katsimbalis 101
koan 78
Labordeta, José Antonio 105, 138
Le Corbusier 100, 138
Lenin, Vladimir Ilyich 52
Leonelli, Laura 104, 138
Lins, Osman 102, 138
livro-reportagem 104, 138
López, Francisco Solano 15, 113, 116, 118, 119, 123, 132, 133, 138
Los autonautas de la cosmopista 103, 137

M-N
maçã de Newton 56
Mann, Thomas 135
Marão, José Carlos 13, 24, 25, 26, 27, 28, 35, 37, 39, 138
Marinheiro de primeira viagem 102, 138
Marx, Karl 65
Marxismo e filosofia da linguagem 41, 137

matérias de observação 25
metaficção 116
historiográfica 94, 114, 133, 135
Miller, Henry 101, 138
Morin, Edgar 73
mundo visto com olhos de repórter 16
Na Patagônia 103, 137
narrador em *off* 131
Nassar, Raduan 116
neutralidade do discurso indireto 131
New Journalism 22
Nooteboom, Cees 124, 138
"Nossa cidade" 25, 27-29, 35-39

O-P
O capital 65
O colosso de Marússia 101, 138
O Comercial 118
O divã ocidental-oriental 99
O grande bazar ferroviário – de trem pela Ásia 103, 139
O livro das maravilhas 93, 108
O narrador – considerações sobre a obra de Nikolai Leskov 97
O poder do mito 47, 137
O segredo da flor de ouro 42, 138
obsessão profissional 38
olhar trágico 122
Os princípios da psicologia 29
Pancorbo, Luis 105
Paribar 24, 27
Paris é uma festa 101, 138
Pedro II 118, 119, 134, 135
Pelé 22
Pessotti, Isaias 124
Piazzolla, Astor 28

ÍNDICE

Pierucci, Flávio 53
Politécnica 64, 79
Polo, Marco 108-110, 138
Prêmio Esso de Jornalismo 27
Prigogine, Ilya 19, 138
profundidade 47, 55, 125, 127

R-S
regime militar 21, 74, 75
relações de poder 84
Reverte, Javier 104
revista 21-25, 28, 32, 80, 135
    Quatro Rodas 13
    Realidade 13, 22-25, 27, 28
    Terra 21, 23
    Time 48
Revolução 79
    Constitucionalista 60
    Francesa 31
    Russa 59
    Tenentista 60
Rio Grande, cidade de, 118, 119, 136
Rivaldo 128
Rodrigues, Nelson 34
Rogers, Carl 77, 78, 85, 88
Rosa, João Guimarães 26, 69-80, 138
rota da seda 93
Roy, Arundhati 124
Russell, Bertrand 48
Saramago, José 16, 113-115, 117, 120-132, 134-136, 139
Segunda Guerra Mundial 64, 101
semiologia 85
sensação de leitura 127
Serviço Nacional de
    Informações 76
Siberia per due 104, 138
simulador de catástrofe
sonoterapia 71

Sorbonne 67
Sperry, Roger 56
Stalin 41
stalinismo 75
surgimento de Portugal 115
suspensão voluntária da
    descrença 108

T-Y
Tai I Ging Hua Dsung Dschi 42
tantrismo 50
taoísmo 50, 78
Tchecoslováquia 74
teoria
    da catástrofe 80
    da informação 80
Terzani, Tiziano 104, 139
tese que precede a história 126
Theroux, Paul 106, 139
Tolstoi, Leon 126
Tosches, Nick 104, 106, 139
Toynbee, Arnold 48, 50, 56, 139
Trans-Pacific Express 104, 137
Tríplice Aliança 115
Ulisses 35, 138
Un indovino mi disse 104, 139
Un país en la mochila 105, 138
Van Dime, S. S. 61
Veríssimo, Luis Fernando 34, 128
Verne, Júlio 98, 139
Viagem à Itália 99, 138
Virgílio 44, 105, 108
Vivian Grey 109, 137
Wallace, Edgard 61
Watts, Alan 47
Wilde, Oscar 109
Wilhelm, Richard 42, 138
xamanismo 51
yin-yang 49, 55

Este livro foi composto em Chronicle Text G1
e impresso em offset 90 g
e cartão supremo 250 g em julho de 2015.